AUCH ENGEL
LACHEN GERNE
WIEDER!

IMPRESSUM

Verleger und Herausgeber:
Kral GmbH (Inh. Robert Ivancich)
Kennedyplatz 2, A-2560 Berndorf
Tel.: 0660-435 76 04
Email: office@kral-verlag.at   www.kral-verlag.at

5. Auflage / Erschienen 2017

ISBN: 978-3-99024-275-9

AUCH ENGEL LACHEN GERNE WIEDER!

Neue heitere Weihnachtsgeschichten
zum Vor- und Selberlesen

INHALT

Kein Mensch liest ein ...

VORWORT

Zu Recht, denn da erfährt man meistens nur, was den Autor gedrängt hat, sein Buch zu schreiben, wem er dankt, dass es zustande gekommen ist und warum es gerade in diesen Zeiten so wichtig ist. Um den Verkaufspreis zu rechtfertigen, weist er außerdem gerne darauf hin, dass es viel Arbeit war.

Ich tu das nicht, aber wenn Sie diese Zeilen schon bis hierher gelesen haben, sollen Sie doch eines wissen: Ich liebe Weihnachten, weil es zumindest einen Teil der Menschheit dazu motiviert, einmal im Jahr nicht nur an sich selbst zu denken. Weihnachten wirkt ausgesprochen herzerweichend und verführt zu ganz ungewöhnlichen, oft ziemlich altmodischen Verhaltensweisen: Verwandte, Freunde und auch ferner stehende Menschen zu beschenken, zu besuchen oder zu sich einzuladen.

Dabei kommt es zwangsläufig zu vielen ungewollt komischen Situationen, und von diesen Momenten handelt dieses Buch.

Tja, jetzt hat es doch noch ein Vorwort bekommen ...!

Wie jeder weiß, ist Weihnachten die umsatzstärkste Zeit des Jahres. Das gilt nicht zuletzt für den Buchhandel. Deshalb ist es für einen Autor sehr sinnvoll, etwas zu produzieren, das die Menschen um diese Zeit interessiert, und auch ich habe mir das unlängst wieder zu Herzen genommen. Ich wollte jedoch keine meiner üblichen Geschichten schreiben, sondern …

DAS ULTIMATIVE WEIHNACHTS- BUCH

„Schauen Sie, so was ist zum Beispiel momentan sehr gefragt!", sagte die Buchhändlerin, die ich bat, mir ein paar Tipps aus ihrer Branche zu geben. „Machen Sie doch einmal einen Ratgeber wie *Hurra, der Christbaum brennt! Anleitung zur perfekten Weihnachtskatastrophe* oder *Weihnachten in drei Minuten. Der eilige Abend für alle, die noch was anderes vorhaben!*"

„So was soll ich schreiben?"

„Oder Sie gehen mehr auf die Kochbuchschiene. Sehr erfolgreich wären sicher *Die geheimen Punschrezepte vom Weihnachtsmann* und *Das vegane Christkind*"

„Auf dem Gebiet kenn' ich mich zu wenig aus."

„Macht doch nichts! Ein Buch wie *So kochen unsere Sportler, Bühnenlieblinge und Fernsehstars* bringt wirklich jeder fertig!"

„Ein bisserl origineller hab ich's mir schon vorgestellt!"

„Dann schreiben Sie doch was in der Art wie *Nikolaus war eine Frau* oder *Starke Frauen brauchen kein Lametta*, am besten unter einem weiblichen Pseudonym!"

„Nein, da mach ich schon lieber ein Kinderbuch! Zum Beispiel *Der kleine Tintenfisch feiert Weihnachten*"

„Das gibt's schon! Am Kinderbuchsektor haben schon fast alle Tiere Weihnachten gefeiert!"

„Auch Klara, die Küchenschabe?"

„Die vielleicht noch nicht. Aber wenn Sie schon so viel Phantasie investieren wollen, würde ich Ihnen zu einem Weihnachtskrimi raten!"

„*Leise rieselt der Tod*?"

„Zum Beispiel. Der größte Renner auf diesem Gebiet ist heuer *Soko Christbaum - die giftige Weihnachtsgans*. Aber auch *Ein Fall für Josef und Maria* geht nicht schlecht."

„Ich sag's Ihnen ganz ehrlich: Weihnachten macht mich krank!"

„Das wäre natürlich ein Super-Titel! *Weihnachten macht mich krank! Der ultimative Survival-Guide für die stillste Zeit*. Gratuliere, das wird bestimmt ein Erfolg!"

… Na ja, ich bleibe erst einmal bei meinen Geschichten. Den Survival-Guide kann ich immer noch schreiben, wenn mir sonst nichts mehr einfällt.

Die Adventzeit ist ja voller großer und kleiner Wunder. Und eines davon sind die garantiert originalen …

TIROLER KRIPPENFIGUREN

„Wunderschön, Ihre Weihnachtskripperln, des muss ich schon sagen!"

„Gellen S', die san alle handg'macht!"

„Sehr schön, wo kommen denn die her?"

„Aus an ganz entlegenen Tiroler Bergtal. Da lebt a alter Holzschnitzer, der macht die Figuren no genau so wie seine Vorfahren!"

„Na wirklich … darf ich s' amal genauer betrachten?"

„Bitte, schauen S' nur!"

„Also die Maria … a richtiges Kunstwerk! Aber wieso is denn die so leicht? Ma könnt fast glauben, die is aus Plastik!"

„Gehen S', wie kommen S' denn auf sowas? Glauben S', in die Tiroler Berg wachsen Bam aus Kunststoff?"

„Von die Gesichtszüge her schaut die Maria fast a bisserl asiatisch aus, finden S' net?"

„Des bilden S' Ihnen nur ein! Die Maria freut sich halt, dass' grad des Jesuskind kriegt hat, und wenn ma lacht, dann hat ma oft so Schlitzaugen!"

„Aber bitte, da schauen S' her! Da steht ja a no irgendwas auf der Unterseiten!"

„Des kann schon sein, jeder richtige Künstler tut seine Figuren signieren, zum Beweis, dass des ka billige Massenware is!"

„Jetzt kann ich's a lesen: Das steht *Made in China*!"

„Ah so richtig! Des hab i Ihnen no gar net erzählt! Der Kripperlfigurenschnitzer arbeit nämlich derzeit in China, weil er sei Kunst an die Asiaten weitergeben will, damit's net ausstirbt!"

„Also, da braucht ma sich kane Sorgen machen, sowas stirbt net aus. Des wird's immer geben!"

„Was?"

„Das ma die Leut für blöd verkauft!"

Im Himmel hatte man vor ein paar Jahren die Idee, das Weihnachtsfest einmal unter dem Gesichtspunkt des modernen Marketings zu analysieren, um daraus neue Strategien zu entwickeln. Traditionen sind ja schön und gut, aber ein frischer Wind kann nicht schaden, dachten sich einige Engel und holten einen Beratungsspezialisten. Der sah sich die Sache an und hielt daraufhin in der obersten Himmelsetage einen Powerpoint-Vortrag unter dem Titel ...

DIE LANGE NACHT DES CHRISTKINDS

„Eines gleich vorweg: Die Bescherung am 24. Dezember ist ein Dauerbrenner, trotzdem wird es höchste Zeit, das größte Fest des Jahres neu aufzusetzen, zu relaunchen oder wenigstens gründlich aufzupeppen.

Der Heilige Abend muss eine *Lange Nacht des Christkinds* werden, mit Performances an prominenten Locations als Gettogether mit Snacks, Drinks und Fingerfood. Mit einem *Tag der offenen Beherbergungsbetriebe* könnte die ganze Hotelbranche glaubhaft demonstrieren, dass heute niemand mehr so abgewiesen wird wie seinerzeit die Heilige Familie.

Aber auch die Landwirtschaft sollte mitmachen. Schon im Advent gehört ein Casting her, in dem die schönsten Ställe des Landes gevotet werden, um dort am Heiligen Abend stimmungsvolle *Jesus-Birthday-Events* für die ganze Familie anzubieten. Die Heiligen Drei Könige könnten zum Beispiel kleine Give-aways mit den Logos der Sponsoren verteilen: Christmas-Teetassen zum Beispiel, Feuerzeuge, USB-Sticks und Kugelschreiber.

Oder man sagt *Bring your own present!* Jeder kann seine

eigenen Surprise-Units mitnehmen und von einem zauber-haften blonden Christkind an die Liebsten verteilen lassen. Solche Erlebnisse machen natürlich hungrig, und deshalb eröffnen sich auch für die Gastronomen neue lukrative Chancen abseits der gängigen Punschhüttenszene.

Raus mit dem Weihnachtsfest aus den engen vier Wänden der eigenen Wohnung. Weihnachten muss ein *Full-all-around-Mega-Package* in den öffentlichen Begegnungszonen werden, das keine Wünsche offen lässt!"

„Danke für deine tollen Ideen!", sagte der Chefweihnachts-engel. „Du hörst von uns …"

Aus der Sache wurde nichts. Weihnachten blieb wie es war, und der Berater bekam einen Job als Schutzengel einer amerikanischen Großbank.

Mit ihrem darauffolgenden Zusammenbruch begann die Wirtschaftskrise.

Wenn sich einer als Sänger einen Namen machen will, dann muss er auch eine Weihnachts-CD herausbringen. Das gilt für Schlagersterne und Bands genauso wie für klassische Sänger und Sängerinnen. Ein ganz bestimmtes Lied ist dabei praktisch immer vertreten:

ES WIRD SCHO GLEI DUMPA

„Wir sollten eine Weihnachts-CD herausbringen!", sagte der Manager des Schlagerstars. „Dein Publikum wartet darauf!"

„Ich sag's dir gleich: ich will nicht die Lieder singen, die alle machen!", antwortete der Schlagerstar. „Und auf keinen Fall *Es wird scho glei dumpa*! Nur über meine Leiche, das gibt es schon in 42.176 Aufnahmen!"

„Mach dir keine Sorgen! Du wirst Weihnachten auf deiner CD einmal von einer ganz neuen Seite beleuchten! Das gibt eine Sensation!"

„Wie stellst du dir das vor?"

„Mit unverwechselbaren Liedern, exklusiv für dich produziert!"

„Kann ich die Sachen selbst schreiben?"

„Natürlich! Lass das Publikum an deinem ganz persönlichen Weihnachtsfest teilhaben!"

Die CDs des Schlagerstars liefen momentan nicht so richtig, und in einem Weihnachtsalbum sah der Manager die einzige Chance, die Karriere seines Schützlings wieder ein wenig anzukurbeln. Dass da für Experimente kein Platz war, konnte er leider nicht so direkt sagen.

„Was soll das?", protestierte der Schlagerstar, als er ins Tonstudio kam. „Ihr habt gesagt, ich darf meine eigenen Kompositionen singen, und jetzt sind da wieder diese alten Weihnachtslieder!"

„Das soll ja das Besondere an dieser CD werden!", versuchte ihn der Manager zu beruhigen. „Wir koppeln die bewährten Sachen mit deinen eigenen Ideen. Nehmen wir zuerst einmal die traditionellen Songs auf!"

So geschah es. Der Schlagerstar intonierte *Stille Nacht*, *O Tannenbaum* und *Es wird scho glei dumpa*, letzteres allerdings unter Protest. Der Manager zeigte sich begeistert und erklärte seinem Schützling eine Woche später, dass man seine eigenen Kompositionen irgendwann einmal später veröffentlichen werde. Diesmal wolle man lieber ausschließlich bei den Traditionals bleiben.

Für die Single-Auskopplung wählte die Plattenfirma *Es wird scho glei dumpa*! Es war die 42.177 Aufnahme dieses Titels, und sie rettete die Karriere des Schlagerstars leider auch nicht mehr.

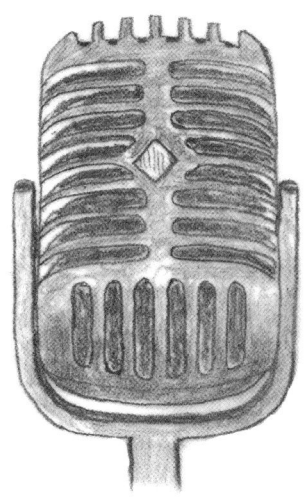

In der eigenen Wohnung oder im privaten Vorgarten kann man so viele Christbäume aufstellen, wie man will. Ganz anders schaut die Sache aus, wenn es um weihnachtliche Aktivitäten auf öffentlichen Plätzen geht. Da wird ein Bäumchen schnell zum …

BAUM DES ANSTOSSES

Als der Bürgermeister am Morgen nach dem ersten Adventsonntag das Gemeindeamt betrat, fiel ihm gleich der kleine Christbaum auf, der in der Grünfläche neben dem Eingang stand. Am Tag vorher war die vielleicht eineinhalb Meter hohe Fichte noch nicht da gewesen, da war er sich ganz sicher.

„Wer hat denn den Bam da aufg'stellt?", fragte er den Gemeindesekretär.

„Keine Ahnung, aber er is doch putzig! Und es san sogar Kugerln drauf und Lametta!"

Der Bürgermeister brummte etwas Unverständliches und telefonierte unverzüglich mit dem Kulturgemeinderat.

„I bin da überhaupt net involviert!", sagte dieser. „Wahrscheinlich war's jemand von der Opposition!"

„Na, das schauert denen ähnlich! I ruf glei den Karl an, den Vize!". Der Bürgermeister kam allmählich in Fahrt.

„Servas Karl, so geht des natürlich net! Dass ihr da so mir nix dir nix an Bam aufstellt's, ohne Genehmigung, ohne Gemeinderatsbeschluss! Und wer hat den überhaupt bezahlt? Wie is des mit Haftung, wenn er umfallt? Ich mache dich aufmerksam, der steht auf öffentlichem Grund und Boden!"

„Von was redst du bitte überhaupt?", fragte der Vizebürgermeister in die kleine Pause hinein, während der Orts-chef Luft holte.

„Von dem Christbaum vor'm Gemeindeamt!"

„Ach so, des Zwutschkerl muss jemand am Wochenend hing'stellt hab'n. Unser Fraktion jedenfalls net!"

Noch bevor der Bürgermeister weiterreden konnte, war die Verbindung beendet. Vielleicht war's doch jemand von den eigenen Leuten, überlegte er. Einer der sich mit einer Christ-bauminitiative profilieren wollte und insgeheim schon an sei-nem Sessel sägte.

Der Bürgermeister stapfte zu seiner Sekretärin: „Ich möchte, dass Sie noch heute eine außerordentliche Gemeinderatssitzung einberufen! Haupttagesordnungspunkt: Der Christbaum vor dem Gemeindeamt!"

„I wollt Sie schon fragen, wie er Ihnen g'fallt!", antwortete die Sekretärin. „Den hab ich aus mein Garten mitg'nommen, weil er da so lieb in die Grünfläche passt!"

„Sie waren das?", rief der Bürgermeister. „Aber da hätten Sie mich doch wenigstens fragen können!"

„I war ma ganz sicher, dass niemand was dagegen hat!"

„Das werden wir erst sehen! Ich mache jetzt einmal persön-lich eine offizielle Begehung, und dann wird entschieden, wo und ob überhaupt ein Baum vor dem Gemeindeamt zur Auf-stellung gelangt! Und Sie kommen mit!"

Die beiden gingen vor's Haus und stießen dort auf einen Re-porter der Lokalzeitung.

„Herr Bürgermeister!", begann der Reporter. „Darf ich schnell ein Foto machen, mit Ihnen und dem Christbäumchen? Wir finden das nämlich sehr nett, dass die Gemeindeverwaltung hier so ein sympathisches Zeichen setzt. Der kleine bescheidene Baum wird Weihnachten nämlich viel besser gerecht als die protzigen Riesenbäume, die vor den meisten Rathäusern stehen!"

„Sehr gerne!", sagte der Bürgermeister und begann sofort publikumswirksam zu strahlen. „Und schreiben Sie ruhig auch, dass ich mich bei meiner Mitarbeiterin hier dafür bedanke, dass sie meine persönliche Idee, dieses Bäumchen aufzustellen, so schnell in die Tat umgesetzt hat!"

Jeder denkt einmal über seine Zukunft nach. Und bestimmt tun das auch die Schneeflocken während sie vom Himmel fallen. Was dabei herauskommt, sind …

SCHNEEFLOCKENTRÄUME

„Wo fliegst du hin?", fragte eine Schneeflocke die andere.

„Ich setz mich auf die Tanne im Vorgarten der Familie Wipflinger, die hat's gern romantisch! Und du?"

„Ich hoffe, dass ich's bis zur Rodelbahn schaffe. Die Kinder freuen sich so, wenn sie über eine weiße Piste flitzen können!"

„Ich hab unlängst gehört, dass ich absolut einmalig bin!", sagte ein etwas arroganter Schneekristall. „Deswegen hoffe ich, dass ich jemandem vor die Nase falle, der sich mein feines geometrisches Muster unter dem Mikroskop anschaut!"

„Deine ganze Schönheit wird dir nichts nützen, wenn es nur um zwei Grad wärmer wird! Für mich zählt nur, dass ich etwas zum Wasserhaushalt der Erde beitrage!"

„Mein Gott, könnt ihr nicht einfach den Augenblick genießen? Dieses Herumtänzeln in der Luft ist doch etwas Wunderbares!"

„Ich würde mich freuen, wenn ich Teil eines Schneemannes werden könnte!", erklärte wiederum eine andere Schneeflocke. „Das wäre echt lustig und man ist nicht gleich beim ersten Tauwetter dahin! Und – was hast *du* vor?"

„Ich habe mich mit zwei Freundinnen verabredet. Wir fliegen nach Wien und machen dort ein ordentliches Schneechaos! Drei Flocken sollten genügen!"

Ein Irrtum muss nicht immer unangenehme Folgen haben. Das gilt insbesondere fürs …

SCHNEESCHAUFELN

Es hat geschneit ganz intensiv,
der Schnee ist einen Meter tief.
Dort, wo Herrn Müllers Auto stand,
vor'm Haus draußen am Straßenrand,
ist nur ein Hügel noch zu sehn,
für Müller heißt das: Schaufeln geh'n!
Das tut er auch mit voller Kraft,
und schließlich hat er es geschafft,
doch stellt sich nun dabei heraus,
er grub das falsche Auto aus!
Und noch dazu das von dem Mann,
dem Unsympathler nebenan!

Der Nachbar sieht's und denkt sich laut:
„Das hätt ich dem nie zugetraut!"
Geht hin zum Müller und sagt: „He!
Kommen S' doch rein auf einen Tee!"
So gibt ein Irrtum manchmal Kraft
für eine gute Nachbarschaft!

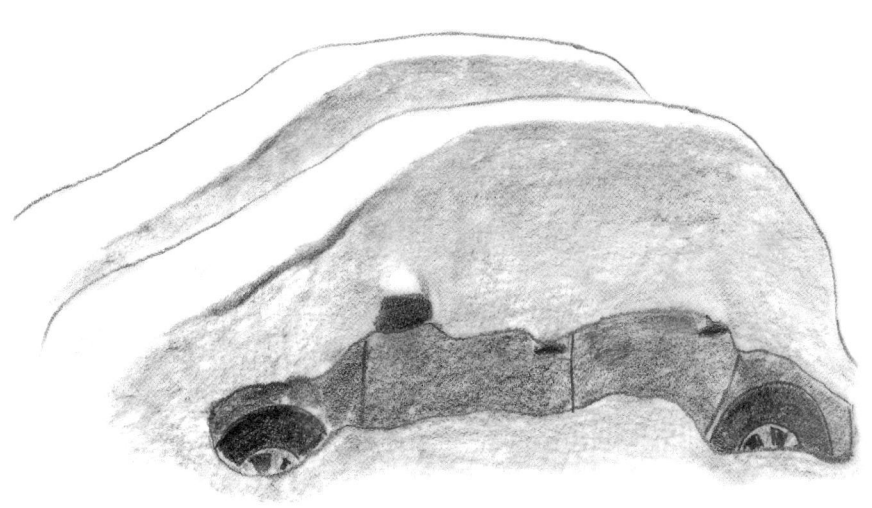

Im Mittelpunkt des Weihnachtsfestes steht natürlich die Krippe. Sie ist manchmal künstlerisch wundervoll ausgestattet und soll daran erinnern, was vor zweitausend Jahren geschehen ist. Aber kaum einer weiß, …

WIE ES WIRKLICH WAR

Lustlos trottete Sebastian hinter seinen Eltern her.

„Der Christkindlmarkt ist doch heuer wieder schön!", sagte die Mutter, doch der Bub teilte ihre Begeisterung nicht. Weil er noch so klein war, befand er sich ständig in Augenhöhe mit kalten, nassen Hundeschnauzen und überquellenden Mistkübeln, und was oben auf den Ladentischen ausgebreitet war, konnte er nicht sehen. Vor allem rund um die Stehtische der Punschstandln gab es ein lebensgefährliches Gedränge.

Und plötzlich waren auch noch seine Eltern verschwunden. Nach ihnen zu rufen, war zwecklos, und nachdem er eine kleine Runde gedreht hatte, gab er die Suche auf.

Sebastian blieb aber erstaunlich ruhig und schlüpfte schließlich unbemerkt ins Innere einer Hütte, in der wunderschöne Weihnachtskrippen angeboten wurden. Hier unter dem Verkaufstisch war es viel wärmer als draußen, außerdem gab es eine ganze Menge interessanter Dinge zu sehen. Neben ihm am Boden stand zum Beispiel ein offener Karton mit einer komplett ausgestatteten Krippe, inklusive mehreren Schafen.

Sebastian nahm eines heraus und hörte plötzlich eine leise, verärgerte Stimme:

„He, lass das Schaf in Ruhe! Das gehört zu meiner Herde!"

Die Stimme kam aus der Schachtel, und als er genauer hinschaute, bemerkte Sebastian, dass es jene des dazugehörigen Hirten war.

„Wieso kannst du sprechen?", fragte er.

„Wieso nicht?", antwortete der Hirte. „Ich kann es genauso wie alle anderen hier. Aber die Menschen hören uns ja nicht zu! Wir haben zum Beispiel schon tausendmal gesagt, dass diese ganze Kripperlidylle nicht den Tatsachen entspricht. Es ist aber zwecklos!"

„Wieso? Was stimmt denn nicht?"

„Also, zum Beispiel haben Maria und Josef damals keinen verklärten Gesichtsausdruck gehabt, sondern waren hundemüde, weil sie den fast zweihundert Kilometer langen Weg von Nazareth nach Bethlehem zu Fuß gegangen sind!"

„I-aah!", rief der Esel.

„Du sei ganz still! Heute glauben die Leute, dass du die Maria mit Eselsgeduld durch die Wüste getragen hast. Und in Wirklichkeit bist du alle paar Kilometer zusammengebrochen und wolltest keinen Schritt mehr weiter gehen!"

„Es war wirklich mühsam!", mischte sich Josef ein. „Und das alles wegen der Schnapsidee vom Kaiser Augustus!"

„Josef bezeichnet ihn als großkopfertes Würschtel, das keine Ahnung hat, was es bedeutet, wegen einer blöden Volkszählung mit einer hochschwangeren Frau durch die Wüste zu wandern!", fügte der Hirte leise hinzu.

„Das ist eben Bürokratie!", meldete sich nun auch Maria zu Wort. „Die wird's noch in zweitausend Jahren geben!"

„Noch schlimmer finde ich ja, dass in Bethlehem angeblich kein Zimmer mehr frei sein soll!", sagte Josef. „Dieser zugige Stall ist ein Skandal! Und wenn es wahr ist, was ich gestern geträumt habe, dann können wir jetzt gar nicht nach Nazareth zurück, sondern müssen wegen diesem König Herodes nach Ägypten flüchten! Natürlich wieder zu Fuß! Mir schaudert, wenn ich daran denke!"

„Mir-aah!", rief der Esel.

„Jetzt siehst du, wie die Stimmung im Stall von Betlehem wirklich war!", sagte der Hirte. „Wahrscheinlich hätten sich alle noch darüber gestritten, ob man wegen Josefs Traum wirklich ins Ungewisse wandern sollte, wenn da nicht dieses Jesuskind gekommen wäre, über das sich dann alle so himmlisch gefreut haben!"

„Wo ist es denn eigentlich?", wollte Sebastian wissen. „Die Krippe ist ja leer!"

„In diesem kratzigen Stroh würde es auch kein Kind aushalten. Nein, Maria trägt es unter ihrem Mantel!"

Sebastian beugte sich vor und wollte Maria aus der Nähe begutachten, aber in diesem Moment wurde er vom Besitzer der Verkaufsstandes entdeckt.

„Na sowas, hier hast du dich versteckt! Du bist bestimmt der kleine Bub, der von seinen Eltern gesucht wird. Im Platzlautsprecher haben sie's vorhin durchgesagt!"

Und so fand Sebastian seine Familie wieder. Aber das Erlebnis in der Hütte am Christkindlmarkt konnte er nicht vergessen, und als der Heilige Abend da war, schaute er sich als erstes die Krippenfiguren unterm Christbaum an. Die kleine Futterkrippe war leer.

„Hast du's schon bemerkt?", fragte Sebastians Mutter. „Das Jesuskind ist verschwunden! Ich hab's schon überall gesucht!"

„Ist schon in Ordnung!", sagte Sebastian. „Ich weiß, wo es ist!"

Wenn es kalt ist, haben heiße Getränke natürlich Hochsaison, und deshalb ist ein schön verpackter, etwas ausgefallener Tee auch ein beliebtes Geschenk. In der folgenden Szene betritt ein Kunde eines dieser köstlich duftenden Teegeschäfte und verlangt einen …

WEIHNACHTSTEE

„Ich hätt gern an Weihnachtstee. In der schönen Blechdosen, was Sie in der Auslag hab'n!"

„Früchte- oder Schwarztee?"

„Früchte …?"

„Also, da hätt ma einmal an Apfel-Zimt. Wenn's vielleicht schnuppern wollen!"

„Aha, gibt's sonst noch was in der Art?"

„Jede Menge: Apfel-Erdbeer, Apfel-Orangen und Apfel-Strudel … "

„Is des eh alles biologisch?"

„Logisch! Da kommt alles aus kontrollierten Nichtraucherbetrieben!"

„Sehr gut, aber hab'n Sie nix ohne Äpfel? Auf die bin i nämlich allergisch!"

„Warum sagen S' des net glei? Da hätt ma Birnen-Marzipan, und den Adventzaubertee mit Hagebutten und Hibiskus!"

„Ja, da san ma schon ganz nah dran! Aber hab'n Sie net vorhin a was von an Schwarztee g'sagt!"

„Ja, wollen S' leicht an Schwarzen Tee? Da schaun's her, des fangt mit Vanille an und geht über Kokos und Schoko bis zum Orangenaroma!"

„Derf i amal riechen?"

„Bei welchem?"

„Beim Kräutertee!"

„Jetzt wollen S' wieder an Kräutertee?"

„Na! An Weihnachtstee! Wie g'sagt, in der schönen Blechdosen mit die Sterndln drauf!"

„Also, dann empfehl ich Ihnen den extra-beruhigenden Winterabendtee!"

„Was is da drin?"

„Melisse, Baldrian und Hopfen, und den werd i jetzt bestimmt glei selber brauchen!"

„San S' leicht nervös?"

„Schau'n S' Ihnen doch einmal um! Da warten schon fünf Leut, dass Sie endlich sagen, was Sie wollen!"

„Des is eben gar net so leicht, weil des ja a Geschenk für mei Tochter wird!"

„Dann sollten S' aber erst amal wissen, was die gern trinkt!"

„Nur Kaffee! Aber die Dosen wird ihr g'fallen!"

Wenn's den Menschen gut geht, schließen sie gerne Versicherungen ab, damit es nicht von heute auf morgen schlechter wird. Unlängst ist mir diesbezüglich etwas Neues angeboten worden, eine …

WEIHNACHTSVERSICHERUNG

Ich hatte ein Gespräch mit meinem Versicherungsbetreuer, und nachdem alles Wichtige erledigt war, sagte er:

„Haben Sie noch eine Minute Zeit, ich möchte Ihnen gern ein ganz aktuelles Angebot vorstellen!"

„Eigentlich nicht …"

„Es dauert nicht lange, und Sie werden begeistert sein. Weihnachten ist ja bestimmt auch für Sie das schönste Fest des Jahres!"

„Sicherlich …"

„Aber es ist auch eine Zeit des erhöhten Risikos! Denken Sie nur an den Trubel auf den Straßen und in den Geschäften, wie leicht kann da was passieren!"

„Was meinen Sie?"

„Na, stellen Sie sich zum Beispiel vor, Sie kollidieren mit einem Passanten, der gerade eine teure Vase gekauft hat. Das Ding fällt ihm runter, und Sie sind schuld!"

„Das wär natürlich ein Pech …"

„Oder denken Sie an die vielen Christbaumbrände!"

„Wir haben nur elektrische Kerzen …"

„Noch schlimmer! Weihnachten ist eine Zeit der Katastrophen. Das beginnt bei den misslungenen Vanillekipferln und endet beim Geschenk, das Sie nicht umtauschen können, weil der Kassazettel weg ist! Oder Sie trinken zu viel Punsch und fangen vor einem Standl mit handbemalten Christbaumkugeln zu randalieren an!"

„Das könnte mir nie passieren … oder höchstens dann, wenn mir für das Weihnachtsbuch, das ich gerade schreibe, nichts mehr einfallen will!"

„Na also, da haben wir's schon! Dann ist unsere neue All-Around-Inclusive-Weihnachtsversicherung genau das Richtige für Sie. Mit einer Jahresprämie von nur 199 Euro können Sie Weihnachten vergessen!"

„Aber wer schreibt dann mein Weihnachtsbuch?"

„Das würde einer unserer Mitarbeiter übernehmen. Der ist stilistisch vielleicht noch besser als Sie! Er macht normalerweise die kleingedruckten Texte auf der Rückseite unserer Versicherungsverträge!"

Also, damit kein Irrtum aufkommt, ich habe die Versicherung nicht abgeschlossen und das Buch selbst geschrieben. Das merken Sie daran, dass es nicht kleingedruckt ist.

Es stimmt schon, dass kleine Kinder heutzutage oft schon weniger naiv sind, als manche Erwachsene. Trotzdem lassen sie sich immer noch gerne verzaubern und sind zum Beispiel sehr aufgeregt, wenn im Wohnzimmer plötzlich der Heilige Nikolaus steht. In unserem Fall sind es sogar …

Zwei Nikolos

„Kannst du dich diesmal darum kümmern, dass der Nikolo kommt?", sagte Waltraud zu ihrem Mann Stefan.

„Entschuldige, das hast doch immer du gemacht!", antwortete er. „Ich hab dafür momentan wirklich keinen Kopf!"

„Wenn du einmal was für die Familie tun sollst, bist du schon überfordert!" Leicht verärgert ging Waltraud schlafen, und Stefan folgte ihr eine halbe Stunde später.

Am nächsten Tag rief Waltraud bei den Pfadfindern an und engagierte den Nikolo für den 5. Dezember um 19.30 Uhr. Er sollte aber nicht läuten, sondern einfach bei der Gartentür reingehen und dann klopfen.

Als der Abend gekommen war und die Kinder in gespannter Erwartung im Wohnzimmer spielten, sagte Waltraud zu Stefan: „Bitte halte auch du die Ohren offen. Wenn es draußen klopft, ist es der Nikolo!"

„Warum soll er klopfen? Mir hat er gesagt, er ruft mich an, wenn er vor dem Haus steht!", antwortete er.

„Wer? Der Nikolo von den Pfadfindern?"

„Der vom Turnverein!"

„Hast du vielleicht auch einen bestellt!"

„Was heißt auch? Du hast mir doch gesagt, dass ich mich darum kümmern soll, dass der Nikolo kommt!"

Während sich Waltraud und Stefan einen Moment lang sprachlos anstarrten, klopfte es an der Haustür. Waltraud ging hinaus, die Kinder liefen hinterdrein, und da erlebten sie eine ganz seltsame Erscheinung. Draußen im Schneegestöber standen zwei Nikolos, und Waltraud blieb gar nichts anderes übrig, als beide herein zu bitten.

„Wir zwei kommen vom Walde her!", sagte der eine Nikolo, und der andere setzte fort: „Und wir können euch sagen, es weihnachtet sehr!"

Die beiden schienen sehr guter Laune zu sein, und absolvierten auch den Rest ihres Auftritts in einer fröhlichen, lockeren Doppelconference. Die Kinder waren jedenfalls begeistert, weil sie natürlich auch doppelt so viele Geschenke bekamen wie sonst. Und als die Heiligen Männer gegangen waren, sagten sie: „Wir wollen jetzt immer zwei Nikolos!"

„Das geht nicht!", sagte der Vater. „Es gibt natürlich nur einen Nikolaus, der andere hat ihm nur geholfen!"

Die Kinder stellten zunächst keine weiteren Fragen, doch als sie im Fernsehen drei Wochen später einen Bericht über die Weihnachtsmesse des Papstes mit den vielen Bischöfen sahen, stellten sie die Eltern zur Rede: „Da seht ihr jetzt, wie viele Nikoläuse es gibt! Da wird es doch kein Problem sein, wenn zwei von denen auch zu uns kommen!"

Früher ist der Nikolaus meistens mit seinem Gegenspieler, dem Krampus, unterwegs gewesen. Der wird aber heutzutage pädagogisch in Frage gestellt. Falls Sie am Abend des fünften Dezember trotzdem einmal zwei Gestalten begegnen sollten, dann sind es vielleicht …

NIKOLAUS UND NIKOLINE

Einmal musste es ja so kommen: Klaus, der Chef der Nikolausagentur *Nicmania*, erhielt ein amtliches Schreiben, in dem er aufgefordert wurde, ab sofort auch weibliche Nikoläuse zu beschäftigen. Diese dürften außerdem in keiner Weise gegenüber ihren männlichen Berufskollegen benachteiligt sein. Die acht Studentennikoläuse, aus denen die kleine Firma bestand, versammelten sich zu einer Krisensitzung, und Klaus verfasste einen Antwortbrief:

‚Sehr geehrtes Ministerium, wir glauben, dass Ihre Aufforderung nur auf einem Irrtum beruhen kann, denn der Heilige Nikolaus von Myra war eben nun einmal ein Mann. Ihn als Frau darzustellen, wäre absolut unseriös!‘

Aber es half nichts. Die Obrigkeit beharrte auf Ihrer Forderung mit dem knappen Argument, man lebe halt zum Glück nicht mehr im Kleinasien des 3. Jahrhunderts.

Und so waren bei *Nicmania* im Jahr darauf nur mehr vier männliche Nikoläuse, dafür aber erstmals auch vier sehr attraktive Nikolinen zu den Kindern unterwegs. Sie schlugen ein wie eine Bombe. Sogar in Familien, in denen es gar keine kleinen Kinder gab, kamen die Ehemänner plötzlich auf die Idee, den Brauch der Nikolausbesuche neu zu beleben, während die männlichen Nikoläuse nur mehr von verkappten Fundamentalisten gebucht wurden.

Die Folge war, dass die jungen Damen das Geschäft übernahmen und schließlich auch den Chef der Agentur *Nicmania* hinauswarfen.

Klaus erwachte schweißüberströmt. Er war nach einem langen Abend des Geschenkeverteilens bei den Spätnachrichten vor dem Fernseher eingeschlafen. „Puh!", stöhnte er. „Heutzutage ist man seinen Job wirklich schneller los als man glaubt!"

Und noch ein Gedanke zum selben Thema. Die Kinder beschäftigt ja oft die Frage, wieso der Nikolaus eigentlich weiß, dass man nicht so brav war. Da gibt es doch irgendwo eine haarsträubende …

INDISKRETION

Der Nikolaus ist zu Besuch
und liest aus seinem gold'nen Buch:
„Ihr Kinder wart, soweit's da steht,
ja wirklich meistens brav und nett.
Du, Jaquelin hilfst Mama gern,
nur manchmal tust du sinnlos plärr'n
und übst zu wenig am Klavier.
Und Kevin, du, was les ich hier,
ziehst deine Schwester an den Haar'n?
Das sollt sich aufhör'n mit den Jahr'n!
Spielst dauernd mit dem Handy rum,
lernst für die Schul das Minimum,
kurzum, ich würd mir wünschen sehr,
dass dies in Zukunft anders wär!"
Der Nikolaus klappt zu das Buch,
und kaum ist draußen der Besuch,
sagt Kevin zu den Eltern: „He!
Das find ich aber nicht okay!
Von wem hat der die Infos her,
von mir bestimmt nicht, bitte sehr!
Auch wenn ihr jetzt so harmlos tuts,
wo bleibt denn da der Datenschutz?"

Viele Menschen wollen in der Adventzeit unbedingt demonstrieren, dass sie schon ganz besonders weihnachtlich gestimmt sind. Sie tun das mit Lichterketten und leuchtenden Weihnachtssternen im Fenster, aber seit einiger Zeit auch mit lebensgroßen, überall herumkletternden Weihnachtsmännern. Einer von ihnen ist der berüchtigte …

BALKON-VICKERL

Für den gerade wieder einmal aus der Haft entlassenen Balkon-Vickerl war Weihnachten immer schon etwas ganz Besonderes. Nicht, dass er da über seinen illegalen Beruf nachgedacht oder gar etwas bereut hätte, nein, für ihn war der Advent ganz einfach die Zeit seiner besten Einnahmen. Er hatte nämlich einen genialen Trick, um in die Wohnungen seiner Opfer einzusteigen. Balkon-Vickerl verkleidete sich als Weihnachtsmann und kletterte an einer Strickleiter, die er mittels Wurfanker an Balkonen und Dachvorsprüngen befestigte, ganz bequem in jeden sich anbietenden ersten und zweiten Stock.

Sein Hund stand vor dem Haus Wache, und wenn ein Fahrzeug oder ein Fußgänger kam, warnte er das Herrchen durch winseln oder bellen. War das der Fall, erstarrte Vickerl, sodass er aussah, wie all die anderen heutzutage so beliebten Weihnachtsmänner, die sich die Leute an die Fassaden hängen. Da kam es dann schon vor, dass sich ein Spaziergänger dachte: ‚Komisch, der ist gestern noch nicht da gewesen', aber das war's dann schon.

Eines Abends kletterte Balkon-Vickerl gerade aus einer besonders ergiebigen Wohnung, als er plötzlich bemerkte, dass gleich um die Hausecke ebenfalls ein Weihnachtsmann hing. Und man kann sich Vickerls Schrecken vorstellen, als der andere plötzlich zu sprechen begann: „Hohoo!

Wer will mir denn da heute so freundlich assistieren? Das ist aber nett!"

Vickerl flüsterte: „Wer bist'n du?"

„Das ist aber die blödeste Frage, die ich jemals gehört habe! Jedes Kind weiß doch, dass ich der Weihnachtsmann bin! Was hast du denn da in deinem Sack?"

„Äh ... ja, also ... ich bringe der Familie im ersten Stock eine Handvoll goldener Schmuckstücke, eine Brieftasche mit Bargeld und zwei Handys ..."

„Das ist sehr schön von dir, da werden sich die Leute freuen! Aber jetzt verlier keine Zeit und gib die Sachen ab, bevor jemand merkt, dass du hier an der Fassade hängst!"

Balkon-Vickerl blieb gar nichts anderes übrig, als wieder hinaufzusteigen und seine Beute zurückzubringen. Doch als er das erledigt hatte, war der Weihnachtsmann verschwunden. Vickerl ging auf dem direkten Weg nach Hause und schwor sich, zumindest die Nummer mit dem Fassaden-Weihnachtsmann für immer aufzugeben, vielleicht sogar überhaupt ein anderer Mensch zu werden.

Er wäre aber nicht so betroffen gewesen, hätte er gewusst, dass der Weihnachtsmann, den er für den echten gehalten hatte, in Wirklichkeit ein Kollege, der Dachrinnen-Karli, gewesen war.

Die Gauner werden immer einfallsreicher, und das merkt man nicht zuletzt auch in der Wirtschaftskriminalität. Im folgenden Fall geht es um einen angeblich geschützten …

MARKENNAMEN

Ein Mann mit Aktentasche betrat die Bäckerei.

„Guten Tag! Ich komm wegen Ihrem Weihnachtsstriezel …"

„Ja, da ham's a Glück, an hätt man no da!"

„Nein, ich will nichts kaufen, sondern muss Sie darauf aufmerksam machen, dass dieser Striezel leider illegal ist!"

„Wieso, den mach ma nach an bewährten Hausrezept. Woll'n S' kosten?"

„Das würde den Tatbestand um versuchte Bestechung erweitern!"

„Dann sag'n S' ma endlich, was Sie wollen!"

„Das Wort Weihnachten ist seit kurzem markenrechtlich geschützt! Also Weihnachtsgansl, Weihnachtsbaum, Weihnachtspunsch … alles ab sofort verboten!"

„I werd a Laberl!"

„Weihnachtslaberl natürlich auch!"

„Ja, aber wie soll ma's denn sonst nennen, uns're ganzen Sachen, die Keks und so?"

„Wie Sie wollen, nur i sag Ihnen gleich: Christkindl is ebenfalls geschützt!"

„Und was soll i jetzt machen?"

„Ich muss Ihre ganze Weihnachtsware leider beschlagnahmen. Und Sie kriegen von mir eine Bestätigung, dass Sie die illegalen Produkte ordnungsgemäß der Entsorgung zugeführt haben. Draußen steht mei LKW!"

Einige Tage später erzählte die Bäckerin diese seltsame Geschichte ihrer Bekannten, der Blumenhändlerin.

„Hast ihm des vielleicht wirklich glaubt?", fragte diese.

„Natürlich net! I hab ihm g'sagt, er soll ma erst an amtlichen Bescheid schicken und ihn rausg'schmissen!"

„Und dann dürft er glei rüber in mei G'schäft kommen sein, hat sich die Adventkränz ang'schaut und erklärt, dass Advent jetzt a geschützter Markennamen wär!"

„Na Servas!", sagte die Bäckerin, nicht wissend, dass ‚Servus' schon lange geschützt ist. Und die Blumenhändlerin verabschiedete sich mit „Griaß di!". Sie hatte Glück, denn dieser Gruß ist nach einem langwierigen Gerichtsprozess seit kurzem wieder frei.

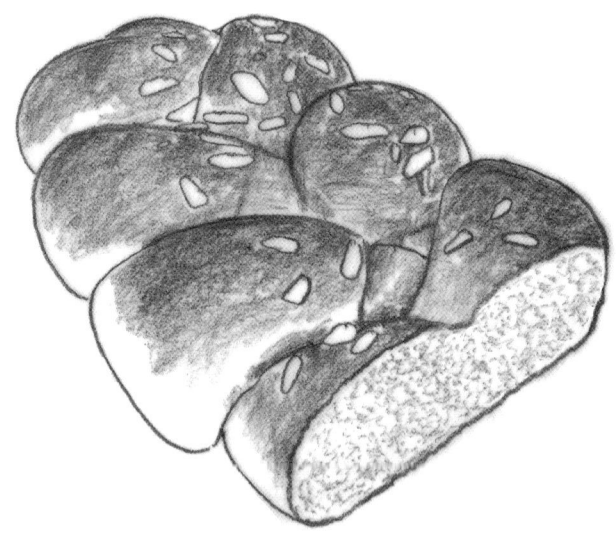

Was tut man, wenn man hungrig ist, nichts im Kühlschrank hat und kein Geld ausgeben will? Man mischt sich heimlich unter die Gäste einer nahrhaften Veranstaltung. Neumodisch gesagt, man versucht sich als …

PARTY CRASHER

„Das hätt ich mir denken können, dass Sie auch da sind! So eine tolle Weihnachtsfeier können natürlich auch Sie sich nicht entgehen lassen!", sagte Herr Dillinger.

„Logisch, da sind ja locker 200 Leute, da fällt man nicht auf, und das Buffet ist wirklich erstklassig!", antwortete Herr Dvoracek.

„Nicht so mickrig wie gestern bei diesem Pharmakonzern. Der sollte sich für seine vertrockneten Sandwiches in Grund und Boden schämen!"

„Die Weihnachtsfeier von den Philharmonikern unlängst hätt ich mir auch großartiger vorgestellt. Und dann ist auch noch so ein Seitenblicke-Fernsehteam gekommen und wollte von mir wissen, welches Instrument ich spiel!"

„Was ham S' denn g'sagt?"

„Sologitarr!"

Dillinger seufzte: „Sie sollten schon ein bisserl vorsichtiger sein, ich halt mich immer dezent im Hintergrund, pack das Essen ein, damit ich am nächsten Tag auch noch was hab, und dann geh ich wieder!"

Dillinger und Dvoracek prosteten einander zu und verkosteten einen wunderbaren, optimal temperierten Riesling aus der Wachau. So ergab es sich, dass sie auch mit einem Herrn anstießen, der sich als Dr. Bartmann vorstellte:

„Ich glaub, wir haben noch nicht das Vergnügen gehabt! Wo arbeiten Sie denn?", fragte Bartmann.

„Wir sind beide im Außendienst!" antwortete Dillinger.

„Und in welchem Bereich?"

„Verkauf, Service und so. Ständig unterwegs!"

„Und wie läuft's?", bohrte Bartmann weiter.

„Schwer zu sagen … Mal so, mal so. Jetzt wieder eher so!"

„Und wo merkt man das besonders?"

„Überall! Sind Sie in der Geschäftleitung?"

Bartmann zögerte ganz kurz. „Genau! Die rechte Hand ...!"

„Vom Dings?"

„Nein, vom anderen. Ich seh grad, er braucht mich schon wieder ganz dringend!"

Bartmann nestelte an seinem Handy herum, murmelte „Man sieht sich noch!" und verschwand in der Menge.

„Trottel!", sagte Dvoracek. „Ich wette, der weiß nicht einmal, auf welcher Weihnachtsfeier er hier gerade ist!"

„Weißt du's?", fragte Dilliger.

„Nein, aber ich bin mir sicher, dass mindestens die Hälfte der Leute hier irgendwelche Schmarotzer sind. Und dann wundert man sich, wenn unsere Wirtschaft nicht wieder auf die Beine kommt!"

Beim gegenseitigen Beschenken kommt es nicht nur darauf an, dass man gute Ideen hat, sondern auch auf's Finanzielle. Das angestrebte Ziel ist grundsätzlich ein …

Nullsummenschenken

Zwischen Anna und Hermine besteht schon seit Jahren eine fixe Abmachung: Was sie einander schenken, muss denselben Geldwert haben. Das setzt voraus, dass eine der anderen bereits Mitte Dezember mitteilt, was ihr Geschenk kosten wird und die andere daraufhin versucht, etwas Gleichwertiges zu besorgen. Beide müssen ihre Rechnungsbelege aufbewahren, damit man sie vergleichen kann, falls eine der beiden Parteien Zweifel anmeldet.

Das führte allerdings mit der Zeit zu Weihnachtsgeschenken, die nur den einen Zweck hatten, gleich viel wert zu sein und ansonsten ziemlich blödsinnig waren.

Anna und Hermine änderten daraufhin ihre Vorgangsweise. Voriges Jahr setzten sie sich in der Adventzeit gemütlich zusammen, und eine begann mit ihrem Vorschlag:

„Ich könnte dir heuer einen hübschen Armreifen um 24.99 schenken."

„Dann würde ich dir ein Parfum um 19.99 kaufen und dazu eine Gewürzmühle um 11.99. Du bist dran!"

„Was sagst du, wenn ich eine Tischdecke um 15.99 drauflege?"

„Dass ich dir – lass mich kurz nachrechnen – zusätzlich zu Parfum und Gewürzmühle noch eine Handtasche um 59.90 schenken könnte!"

„Was soll das? Willst du mich ruinieren? Aber bitte, ich

erhöhe mein heuriges Weihnachtsgeschenk an dich um eine schicke Armbanduhr zu 169.90!"

„Und ich um einen 229 Euro teuren Golf-Schnupperkurs!"

„Dann kriegst du von mir außerdem eine Mittelmeer-Kreuzfahrt um 399 Eulen!"

„Worauf ich mich nicht lumpen lasse und ein Smartphone um 288 Kröten drauflege!"

„Da fehlt noch ein Euro, damit wir Gleichstand haben!"

„Wie wär's mit einem Lippenstift?"

„Okay, passt! Aber lass dir bitte ja nicht einfallen, dass du mir wirklich irgendwas von diesen Sachen schenkst!"

„Keine Sorge! Ich bin momentan völlig pleite! Aber so können wir's in Zukunft immer machen - als bargeldloses Nullsummenschenken!"

Eine gute Gelegenheit, hübsche Geschenke zu finden, bieten die Adventmärkte. Die gibt es heutzutage beinahe an jeder Ecke, man könnte fast sagen, wir liegen spätestens ab Anfang Dezember im …

ADVENTMARKTFIEBER

In Hochkirchen gab es einen bekannten Adventmarkt, der von Jahr zu Jahr größer wurde. Das Publikum strömte in Scharen dahin, bis keiner mehr wusste, wo er sein Auto parken sollte.

„Wir müssen die Niederkirchner fragen, ob sie uns ihre Gemeindewiese als Parkplatz zur Verfügung stellen können!", sagte der Bürgermeister, und so wurde es auch gemacht. Doch bald kamen die Gemeindevertreter von Niederkirchen auf die Idee, selbst einen Adventmarkt zu veranstalten, gleich neben dem neuen Parkplatz. Der wurde ein so großer Erfolg, dass nur mehr wenige Besucher die fünfhundert Meter nach Hochkirchen weitergingen. Mit Recht sagten sie: „Warum soll ich so weit hatschen, wenn ich mir meinen Rausch schon hier antrinken kann?"

In der Gemeinde Unterkirchen, sie liegt an der Zufahrtsstraße nach Nieder- und Hochkirchen, sagte man daraufhin: „Das ist nicht in Ordnung, wenn die Leute alle durch unsere Ortschaft fahren und wir nichts davon haben!". Und so entstand im nächsten Jahr der Unterkirchner Adventmarkt, dessen Erfolg die beiden anderen bald übertraf.

Das gab dem Geschäftsführer der gesamten Tourismusregion zu denken, und er gründete das Adventmarkt-Erlebnisland Dreikirchen, mit dem alle drei Märkte gemeinsam beworben werden konnten. Das Warenangebot wurde aufgeteilt, indem man in Hochkirchen nur mehr Punsch verkaufte, in Niederkirchen Jagatee und in Unterkirchen Glühwein.

Und dieses Konzept entwickelte man weiter. Das ganze Bundesland sollte ein einziger großer Adventmarkt werden, andere Länder schlossen sich an, und schließlich stellte die Regierung fest, dass so eine Idee nur bundesweit zu verwirklichen wäre.

Ein eigens installierter Staatssekretär für Adventmarktwesen verkündete das Motto ‚Jedem sein eigenes Standl‘ und setzte alles daran, ganz Österreich zu einem einzigen großen Adventmarkt werden zu lassen.

Es kam aber nicht dazu, denn schon bald meldete sich die EU-Kommission und tadelte Österreich für seinen Alleingang. Die Errichtung von vorweihnachtlichen Genuss- und Erlebniszentren müsse europaweit koordiniert werden, weil sonst ungerechtfertigte Wettbewerbsverzerrungen entstünden.

Und da, mitten in diesem internationalen Adventmarktfieber, eröffnete ein kleiner Hochkirchner Obstbauer auf seinem Hof ein ganz einfaches, unabhängiges und freies Punschstandel. Es wurde auf Anhieb ein Riesenerfolg.

Jahrelang hat man heftig darüber diskutiert, ob die Geschäfte zu Mariä Empfängnis aufsperren sollen oder nicht. Wie zu erwarten hat die Wirtschaft das Match gewonnen, und seither ist dieser Feiertag ein Höhepunkt des Weihnachtsgeschäfts. Hier ist eine typische Radiomeldung am …

8. Dezember

„Verkehrsservice um 17 Uhr. In den Geschäften kommen Sie heute generell nur sehr langsam voran. Die Schlangen vor den Kassen sind bis zu vier Kilometer lang, und es muss deshalb mit einem Zeitverlust von zirka drei Stunden gerechnet werden. Vor dem Eingang zum Shopping Center ist es außerdem zu einer Massenkarambolage gekommen, an der mindestens 40 Einkaufswagerln beteiligt waren. Die Aufräumungsarbeiten sind schwierig, weil sich die Rettungskräfte erst mühsam durch Berge von Fleisch- und Wurstwaren, Getränken und anderen Lebensmitteln durchkämpfen müssen. Ein dramatischer Zwischenfall hat sich auch in einem Bekleidungsgeschäft ereignet, wo eine Kundin von den Menschenmassen in einen Ständer mit Damenblusen abgedrängt wurde und bis jetzt nicht mehr gefunden werden konnte. Die Einkaufsstraße am Bahnhof musste vor wenigen Minuten wegen eines überlasteten und daraufhin in Brand geratenen Bankomaten gesperrt werden.

So viel zum Verkehr und jetzt zu den Nachrichten:

Der Handel spricht am heutigen 8. Dezember von einem bisher enttäuschenden Umsatzergebnis …"

Ich glaube, dass in den meisten Briefen ans Christkind die-
selben Sachen stehen. Manchmal gibt es aber bestimmt auch
einen ausgefallenen …

WEIHNACHTSWUNSCH

„Du liebes Christkind!", schreibt der Fritz.
„Mein Wunschbrief heute ist kein Witz,
ich brauche dringend wie noch nie
ein ganzes Sackerl voll mit i!
Denn dieser Buchstabe ist mir
besonders wichtig, sag ich dir.
Wenn ich den nämlich nicht mehr hätt,
wäre mein Name nicht komplett!
Gerade du wirst mich verstehn,
dir würde es ja ähnlich gehn.
PS.: Für diese Poesie
verbrauch ich grad mein letztes i!"
Das Christkind lacht darüber sehr
wie schon seit langer Zeit nicht mehr,
es lacht hihi und lacht haha
und bringt dem Fritz … ein Sackerl a!

Weihnachtswünsche kann man natürlich auch telefonisch deponieren. Mir fällt zwar gerade nicht die Nummer ein, aber ich hab schön gehört, dass sich da eine entzückende Engelsstimme meldet, bei so einem …

ANRUF IM HIMMEL

„Herzlich willkommen im Himmel, wir freuen uns über Ihren Anruf! Wollen Sie eine Auskunft zum Ewigen Leben, dann wählen Sie die 1, brauchen Sie Vergebung für Ihre Sünden, dann wählen Sie die 2, oder wollen Sie mit unserer Weihnachtsabteilung verbunden werden, dann wählen Sie die 3!"

„Pip"

„Im Augenblick sind alle Leitungen besetzt. Bitte legen Sie nicht auf, einer unserer Engel wird sich in Kürze bei Ihnen melden …"

„Geh bitte …!"

„Wolke fünf, Rafaela, was kann ich für Sie tun?"

„Grüß Gott!"

„Ich richte es ihm gerne aus, er ist gerade in einer Besprechung!"

„Sie können mir hoffentlich auch helfen. Meine kleine Tochter wünscht sich zu Weihnachten ein Pferd, und das kommt natürlich überhaupt nicht in Frage! Wir haben eine Wohnung im dritten Stock!"

„Wir haben schon Pferde in den sechsten Stock geliefert! Aber grundsätzlich dürfen wir Weihnachtswünsche nur mit Zustimmung des Wunschbriefverfassers ändern!"

„Unsere Tochter ist sieben und daher minderjährig!"

„Dann brauchen wir einen Nachweis, dass Sie der Erziehungs-berechtigte sind. Den Bescheid über die Familienbeihilfe zum Beispiel."

„Ich werd Ihnen den gleich mailen!"

„Das hat Zeit ... vor Weihnachten können wir den Akt sowie-so nicht mehr bearbeiten!"

„Das heißt, das Pferd lässt sich nicht mehr abbestellen?"

„Leider nicht! Wir könnten höchstens noch die Lieferadresse ändern!"

„Dann schicken Sie es in Gottes Namen an meine Schwieger-eltern, die wohnen wenigstens ebenerdig!"

„Wären die damit einverstanden?"

„Wahrscheinlich nicht! Aber wieso muss dieser Wunsch mei-ner Tochter eigentlich erfüllt werden?"

„Weil Sie die vierzehntägige Einspruchsfrist gegen ihren Brief versäumt haben!"

„Und was machen wir jetzt?"

„Wie heißt denn Ihre Tochter?"

„Genevieve Novacek"

„Mit V oder W?"!

„Mit N wie Novacek!"

„Ah, da ist sie schon, und ich muss sagen, Sie haben Glück! Ihre Tochter wünscht sich gar kein Pferd!"

„Sondern?"

„Einen Dinosaurier!"

Vielen Problemen und Krisen rund um das große Fest kann man entgehen, wenn man einfach weg fährt. Manche Daheimbleibenden finden das zwar unfair, aber vielleicht auch nur deshalb, weil sie sich ihn nicht leisten können, den …

URLAUB ZU WEIHNACHTEN

Zwei Frauen treffen einander.

„Seid's ihr heuer über Weihnachten und Neujahr z'haus?"

„Nein, wir sind wieder a paar Tag weg. Drei, vier Wochen oder so …"

„Wir auch. Nix Großes, Mauritius, Bahamas oder Kuba, wir hab'n uns noch net entschieden."

„Ich find's ja schad, dass ma zu Weihnachten nicht in Österreich bleiben kann, aber es is halt dann grad immer dieser grausliche Winter!"

„Zum Anschauen wär der Schnee ja ganz schön …"

„Wir war'n voriges Jahr auf einer Kreuzfahrt, da hab'n die Original fidelen Schneemandeln an Bord a Weihachtskonzert geb'n, wo ma glaubt hat, ma is irgendwo in einer Berghüttn in die Alpen!"

„Wo wir letztes Jahr Weihnachten g'feiert hab'n, hat die ganze Bevölkerung mitg'macht. Da san die Kracher g'flogen, und g'schossen haben s', sodass wir stundenlang vom Balkon aus zug'schaut hab'n!"

„Das stell i ma sehr romantisch vor!"

„Wir hab'n dann erfahren, dass es a Demonstration gegen den Präsidenten war, aber angeblich is des dort ganz normal."

„In unserem letzten Ferienclub hab'n wir uns auch sehr wohlg'fühlt. Da is ma durch a meterhohes Gittertor ins Hotelgelände g'fahrn, des war sogar von der Armee bewacht!"

„Wieso?"

„Sie hab'n uns g'sagt, wegen der Gelsenbekämpfung!"

„Sehr g'scheit. Die Einheimischen san ja oft so nett. Einmal ham s' uns sogar mit faule Bananen beworfen. Der Reiseleiter hat uns erklärt, dass des a traditionelle Begrüßungsform is, so a Art Fruchtbarkeitsritual!"

„Na, dann wünsch i euch für heuer a wieder recht viele faule Bananen!"

Die zwei Frauen verabschiedeten sich voneinander und gingen ihrer Wege. Am 27. Dezember sahen sie sich überraschenderweise wieder, vor der Wurstabteilung im Supermarkt.

„Na, seid's jetzt doch net wegg'fahren? Ihr solltert's doch zumindest auf einer Kreuzfahrt sein!", sagte die eine.

„Des … hat sich leider zerschlagen. Wir hab'n niemanden g'funden, der unsere Blumen gießt!", murmelte die andere und verschwand unauffällig in der Masse der Menschen, die auch alle daheim geblieben waren.

Es ist ganz wichtig, dass man seinen Kindern beizeiten klar macht, dass sie zu Hause hie und da mithelfen müssen. Dann sind sie auch zu Weihnachten unter Umständen …

EINE GROSSE HILFE

„Mama, weißt du was? Heuer machen *wir* die Weihnachtsbäckerei! Du sagst uns einfach was wir machen müssen und kannst dich derweil vor den Fernseher setzen und einen Film anschauen!", sagte der zehnjährige Jakob.

„Ja, ja, ja!", riefen die zwei jüngeren Geschwister Sofie und Felix. „Wir machen ganz viele verschiedene Sorten!"

„Eine gute Idee!", meinte Mama. „Wenn ihr wollt, könnt ihr gleich anfangen!"

Die Kinder jubelten, Jakob nahm ein Kochbuch aus dem Regal und schlug es auf.

„Zuerst machen wir die Streuselkugerln, dann die Zimtsterne, die Schaumrollen, die Spitzbuben, die Windbäckerei und natürlich die Vanillekipferln!"

„Na, na, nehmt euch nicht gleich zu viel vor! Ich richte euch einmal alles für die Streuselkugerln her und ruf euch dann, wenn's soweit ist!"

„Ja, super!", riefen die Kinder, und Sofie sagte: „Wir schalten dir schon einmal den Fernseher ein, damit du dich gleich hinsetzen und entspannen kannst!"

Nach ein paar Minuten hatte Mama die Nüsse, die Schokolade, den Honig und den Zuckerstreusel vorbereitet und rief: „Ihr könnt's schon kommen! … Hallo? Es geht los!"

Als niemand kam, ging sie ins Wohnzimmer, drehte den Fernseher leiser und sagte: „Was ist jetzt mit der Weihnachtsbäckerei?"

„Ja, wir kommen schon!", antwortete Jakob bereits deutlich weniger begeistert als vorhin und folgte Mama mit Sofie in die Küche. Der kleine Felix blieb vor dem Fernseher sitzen und drehte wieder lauter.

„Du kannst die Nüsse reiben und du die Schokolade!", erklärte Mama. Nach einer Weile war Sofie mit dem Nüsse reiben fertig und musste angeblich auf's Klo. Sie kam nicht wieder.

„Jetzt musst du die Nüsse, die Schokolade und den Honig miteinander mischen!", sagte Mama zu Jakob. „Dann lassen wir die Masse stehen und fangen inzwischen mit den Vanillekipferln an!"

„Wieso helfen die Sofie und der Felix nicht mit?"

„Frag sie doch!"

Jakob stapfte ins Wohnzimmer und ward nicht mehr gesehen. Mama arbeitete noch lange an den Zimtsternen und Schaumrollen, und erst als sich der Duft der fertigen Bäckereien in der Wohnung verbreitete, waren auf einmal wieder alle da. Auch Papa erschien auf der Bildfläche, und Sophie erklärte stolz: „Die Weihnachtsbäckerei haben wir diesmal fast ganz alleine gemacht!"

Immer öfter begegnet man auch in unseren Breiten dem Weihnachtsmann, was die Anhänger des Christkinds wiederum auf die Palme bzw. den Christbaum bringt. Dabei funktioniert sie bestens, die persönliche Zusammenarbeit von …

CHRISTKIND UND WEIHNACHTSMANN

„Hallo, ist dort das Büro vom Christkind?"

„Ja bitte, wer spricht?"

„Der Weihnachtsmann!"

„Persönlich? Ich hab gar nicht gewusst, dass es Sie wirklich gibt!"

„Na hören Sie! Ich bin in halb Deutschland für die Geschenke zuständig!"

„Ja, ja, schon klar, aber ich hab Sie trotzdem für so eine Art Phantasiefigur gehalten!"

„Das hab ich vom Christkind auch immer geglaubt, bis es mir eines Tages ein Mail geschickt hat. Wo ist es denn gerade?"

„Das Christkind? Unterwegs, Wunschbriefe einsammeln! Bei uns geht das leider nicht so flott, weil wir keinen luxuriösen Rentierschlitten haben so wie Sie!"

„Von wegen! Der Schlitten bricht bald auseinander, und die Rentiere sind unwillig und störrisch!"

„Immer noch besser, als überall zu Fuß hinfliegen! Also, was können wir für Sie tun?"

„Nun, wir haben da ein Problem. Eine Familie, die von Österreich nach Norddeutschland übersiedelt ist, möchte gerne, dass zu Ihnen dort das Christkind kommt und nicht der Weihnachtsmann!"

„Aha! Das trifft sich gut! Bei uns in Österreich gibt's nämlich zwei deutsche Kinder, die es sich genau umgekehrt wünschen!"

„So so! Also, von mir aus machen wir das im Austausch!"

„Super! Ich richte es dem Christkind aus!"

„Und wenn Weihnachten vorbei ist, schlage ich vor, setzen wir uns alle einmal zusammen und tauschen Erfahrungen aus: Das Christkind, der Kollege Santa Claus, Väterchen Frost aus Russland und meine Wenigkeit!"

„Gute Idee! Da können wir den Menschen einmal zeigen, wie man internationale Verhandlungen führt! ... Und das Christkind macht den Vorsitz!"

„Äh, ich habe eher an mich gedacht!"

„Glauben Sie nicht, dass dann wahrscheinlich auch der Santa Claus das große Wort führen will und Väterchen Frost?"

„Das sollten wir unbedingt verhindern!"

„Keine Sorge, Herr Weihnachtsmann! Das Christkind sagt immer: Schau ma einmal, dann wer ma schon sehn!"

Wer weiß, dass *LIDUMINO Liebst du mich noch* bedeutet und *NWA Nie wieder Alkohol*, der beherrscht die hohe Kunst des ökonomischen SMS-Schreibens. *AIJ* steht für *Am I Jesus?* und *QMS* für *Quatsch mit Soße*. Neu ist …

2412

Paul geht mit der Zeit. Vor Jahren hat er sich im Advent hingesetzt und jedem Menschen, der ihm nahe stand, einen langen Brief geschrieben, mit einer hübschen Briefmarke und einem aufgepickten goldenen Sternderl.

Dann stellte er sich eines Tages auf E-Mails um. Zunächst schrieb er noch jedem Adressaten etwas ganz Persönliches, ging aber bald zu einem Standardtext über und schickte die paar Zeilen schließlich überhaupt nur noch als Massenmail an alle. Zwei oder drei antworteten sogar mit einem herzlichen *Ebenso* oder *Dir auch*.

Nach der Anschaffung seines ersten internetfähigen Handys ging Paul noch einen Schritt weiter. Er versandte seine Weihnachtswünsche ab sofort nur mehr via SMS, natürlich in der für dieses Medium typischen, sehr knappen Form: *Habt ein schönes Fest!*

Das schien ihm nach dem zweiten Mal schon etwas zu umständlich, denn die Menschen haben heute viel zu tun und können sich auch nicht so lange konzentrieren. Deshalb wünschte Paul im vorigen Jahr nur mehr ein geniales *2412*. Er bekam eine einzige Antwort: *Und 3112*. Super, dachte Paul, der hatte seine SMS-Botschaft verstanden.

Ein paar Tage später lag dann aber auch noch ein richtiger, handgeschriebener Brief in seinem Postkasten, mit einer Weihnachtsmarke drauf und einem goldenen Sternderl.

‚Lieber Paul!‘, las er da, ‚Ich habe mich wirklich sehr über deine liebevollen Weihnachtswünsche gefreut! Leider kenne ich mich beim SMS-Schreiben nicht aus und muss dir auf diesem Wege antworten. *2412* – welche Poesie hast du mit diesen Zahlen in mir geweckt! Da sehe ich das vierundzwanzigste Türchen eines altmodischen Adventkalenders vor mir, und alles taucht wieder auf: der Duft von Tannengrün und Wachskerzen, die Spannung vor der tagsüber verschlossenen Wohnzimmertür und die Hoffnung, diesmal etwas mehr vom Geheimnis des Weihnachtsfestes zu erfahren! *2412* – da schwingt die uralte Zahlenmystik um den Geburtstag des Erlösers mit, der die Welt mit seinem Trost erfüllt. Dafür, dass du mir diese Botschaft geschickt hast, möchte ich dir herzlich danken!‘

Paul hatte sich hingesetzt. Der Brief stammte von seiner Großmutter, die vor einem Jahr gestorben war. Dass er ihre Telefonnummer noch immer in seinem Handy gespeichert und daher auch ihr eine SMS geschickt hatte, war ihm gar nicht aufgefallen.

Ein wenig Abwechslung kann auch im Berufsleben nicht schaden, deshalb versuchte es …

DER OSTERHASE ALS WEIHNACHTSENGEL

Der Osterhase hatte es satt. Einmal im Jahr wurde er für ein paar Tage gebraucht. Dann stand er im Mittelpunkt und wusste gar nicht, wie er mit der ganzen Arbeit fertig werden sollte. Und war der Zauber vorbei, fiel er regelmäßig in ein tiefes Loch. Natürlich, Hasen lieben tiefe Löcher, aber auf dieses konnte er verzichten.

„Das kann doch nicht alles gewesen sein!", sagte er eines Tages im November zu sich selbst, und beschloss in einem plötzlichen Anfall von Ehrgeiz und Tatendrang, sich auch zu Weihnachten nützlich zu machen.

Unverzüglich bemühte er sich um einen Termin beim Christkind, aber Petrus winkte ab. „Bedaure!", sagte er. „Das Christkind ist sehr beschäftigt, vielleicht kann ich Ihnen weiterhelfen!".

„Tja, ich möchte mich gewissermaßen als Weihnachtsengel bewerben! Ich habe langjährige logistische Erfahrung mit dem Zustellen von Geschenken und glaube, dass ich für Ihr Team eine wertvolle Bereicherung wäre!"

Petrus wiegte den Kopf. „Aber soviel ich weiß, haben Sie ja bisher hauptsächlich bemalte Eier zugestellt!"

„Nein, nein!", antwortete der Osterhase. „Heutzutage wünschen sich die Leute zu Ostern alles Mögliche. Das geht vom Kinderfahrrad bis zum Perlencollier! Eier spielen umsatzmäßig nur mehr eine Nebenrolle!"

„Ich weiß nicht!", sagte Petrus. „Ich werde das einmal mit dem Christkind besprechen, aber machen Sie sich keine großen Hoffnungen."

Der Hase war frustriert, beinahe so wie damals, als ihn der Igel bei diesem blödsinnigen Wettrennen hineingelegt hatte, aber am nächsten Tag bekam er überraschenderweise eine positive Nachricht aus dem himmlischen Personalbüro:

‚Wir freuen uns, Ihnen mitteilen zu dürfen, dass Sie am ersten Adventsonntag bei uns anfangen können. Melden Sie sich bitte umgehend beim Weihnachtsgeschenkezustellservice WGZS, Milchstraße 24.'

Nun ja, der Osterhase ist kein Angsthase, aber nun fühlte er sich doch wie ein Hasenfuß, als er den Auftrag erhielt, die von den Menschenkindern bereits geschriebenen Briefe ans Christkind einzusammeln. Fliegen wie die Engel konnte er zwar nicht, aber beeindruckend schnell hoppeln, und so machte er sich bald einen guten Namen: der rasende Hase.

Der Osterhase bewährte sich, und als Weihnachten vorüber war, machte ihm das WGZS das Angebot, im nächsten Jahr wieder zu kommen.

Seine Leistung musste sich irgendwie herumgesprochen haben, denn nun meldete sich außerdem noch eine große Agentur und schlug ihm vor, ganzjährig in der Geschenkeverteilbranche tätig zu werden, generell bei Geburts-, Namens- und Hochzeitstagen, am Vater- und Muttertag, zu Halloween und am Fest des Heiligen Valentin. Der Hase sagte erfreut zu, doch als dann sein Ostersonntag kam, verließen ihn die Kräfte. Er hatte ein saftiges Burnout, und manche werden sich daran erinnern, dass sie in diesem Jahr entweder gar nichts oder nur faule Eier und abgelaufene Schokolade bekommen haben. Was so lange funktioniert hatte, ging diesmal völlig daneben.

Der Zustand des Osterhasen besserte sich nur langsam, und als er endlich wiederhergestellt war, stellte er einsichtsvoll fest: „Man sollte den Menschen wirklich nicht alles nachmachen!"

Schlüssel wurden zwar in erster Linie zum Sperren von Schlössern erfunden, sie haben aber auch als meistgesuchte Gegenstände des täglichen Lebens Karriere gemacht. Verloren gegangen ist unlängst sogar der große …

HIMMELSCHLÜSSEL

Im Himmel ist die Hölle los,
die Aufregung beachtlich groß,
es flattern Engel hin und her,
denn dieser Fall ist sehr prekär.
Der Petrus sucht, man stell sich's vor,
den Schlüssel für das Himmelstor,
man dreht schon jede Wolke um,
seit Stunden, doch es ist zu dumm.
Das Ding ist ja bei Gott nicht klein,
es kann doch nicht verschwunden sein!
So flüstern manche Engel bald:
„Der Petrus ist halt doch schon alt,
da wär'n die Menschen unten schon
seit Ewigkeiten in Pension!"
Doch ist er allseits sehr beliebt,
sodass es keine Frage gibt,
dass man ihm hilft in dieser Not
und nicht gleich tratscht beim Lieben Gott.
Ein Erzengel sagt dröhnend laut:
„Habt ihr schon auf der Erde g'schaut?
Das wär der schlimmste Fall von all'n,
der Schlüssel wär wo runterg'fall'n!"

Doch so dramatisch wird es nicht,
denn plötzlich ruft ein kleiner Wicht,
der frechste aus der Engelschar:
„Beruhigt euch bitte, alles klar!
Der große Schlüssel ist Gottlob
beim Petrus drin in der Gard'rob.
Ich hab's gesehn, schaut selber rein,
er hängt neben dem Heil'genschein!"

Wenn mehrere Feiertage knapp aufeinander folgen, kommt das Leben praktisch zum Erliegen. Alle haben dann nur mehr eines im Sinn: essen, trinken, länger schlafen und vielleicht ein bisserl spazieren gehen. Kurz gesagt, es gibt nur mehr so genannte …

OBEZAHRER

„Mir kommt vor, es will niemand mehr was arbeiten! Wenns'd zu Weihnachten und Neujahr irgendwas brauchst, hast ka Chance!"

„Da hast recht! Auf die Ämter, bei die Ärzte, in die Firmen … a jeder is auf Urlaub! Egal, wos'd hinschaust, lauter Obezahrer!"

„Übrigens, weil du des grad sagst! Hast dir des schon ang' schaut? Nächstes Jahr fallt Weihnachten wirklich optimal! Da kannst mit vier Urlaubstag und a bisserl Zeitausgleich zwa Wochen lang daham bleiben!"

„Waß i eh! Und zu Ostern reichen drei Urlaubstag für a ganze freie Wochen!"

„Die Fenstertag hab i ma a schon alle g'sichert. Sonst is womöglich jemand anderer in der Firma so unkollegial und nimmt sich genau dann frei, wenn i mi erholen will!"

„Da muss ma immer aufpassen, dass ma net überbleibt! Übrigens hoff i, dass i mir diesmal mit a paar Tag Pflegeurlaub und a bisserl Krankenstand wenigstens den ganzen Mai freihalten kann!"

„Ja, ja, Planung is alles! I waß zum Beispiel jetzt schon, dass i übernächstes Jahr sechs Wochen auf Kur geh, mein Resturlaub konsumier und den Golden Handshake nimm!"

„Beneidenswert! Dann kannst Weihnachten und Neujahr endlich in aller Ruhe genießen und musst net immer mühsam überlegen, wie's d' am günstigsten daham bleiben kannst! Weil des is ja direkt, wie soll i sagen … entwürdigend!"

Angeben ist das halbe Leben. Und wer gerne gebildeter erscheinen möchte als er ist, der verwendet am besten möglichst viele …

FREMDWORTE

„Ich habe gestern ein gutes Werk getan!"

„So?"

„Ja, ich war in einem Justizkonzert."

„Ein Benefizkonzert meinst du wahrscheinlich. Was haben sie gespielt?"

„Weihnachtliche Musik – Klassik und Furore."

„Folklore!"

„Du warst auch dort? Wie hast du diesen Floristen gefunden?"

„Ich war *nicht* dort! Aber du meinst bestimmt den, der die Flöte gespielt hat!"

„Der war auch gut! Und der Dissident hat alles auswendig dilettiert!"

„Schrecklich!"

„Ganz im Gegenteil! Es war ein trivialer Erfolg!"

„Ich meine, es ist schrecklich, wie du alles durcheinander bringst! Dieses Weihnachtskonzert kann nur ein triumphaler Erfolg gewesen sein!"

„Auf jeden Fall! Vor mir ist zufällig mein Archäologe gesessen, bei dem ich kürzlich wegen meinem Blasenkonfekt war, und der hat auch gesagt, dass er selten so schöne Interventionen gehört hat!"

„Er ist dein *Uro*loge, und es heißt Inter*preta*tionen!“

„Du warst doch angeblich gar nicht dort? Aber egal, nach dem Konzert bin ich jedenfalls mit meiner Frau noch fein soufflieren gegangen!“

„Soupieren! Du meinst, dass du essen warst?“

„Und wie! Zuerst gab's gefüllte Kartoffel-Proleten mit Basilisken-Salat und original italienischem Pavian und danach eine köstliche Terrakotta mit Erdbeerschmus!“

„Du bist ja wirklich ein Gourmet!“

„Vielleicht! Aber deshalb musst du ja nicht gleich ordinär werden!“

Zu den schwierigsten Aufgaben eines Radioredakteurs zählen komplizierte Live-Sendungen, die genau auf die Sekunde fertig sein müssen, das Reagieren auf Pannen aller Art und …

INTERVIEWS MIT KINDERN

„Ich melde mich hier vom größten Adventmarkt der Stadt, und eines muss man auch heute wieder feststellen: Weihnachten ist ein Fest der Kinder! Viele kleine Besucher sind da, um sich vom glitzernden Treiben auf dem Platz bezaubern zu lassen, und das können uns natürlich die Kinder selbst am besten beschreiben. Da ist zum Beispiel schon ein kleines Mädchen … Bist du mit deinen Eltern gekommen?"

„Mhm …"

„Wie gefällt's dir denn hier?"

„Gut …"

„Was ist am schönsten?"

„Alles …"

„Hast du schon einen Brief ans Christkind geschrieben?"

„Mhm …"

„Was steht denn da drinnen, verrat uns doch ein bisserl was!"

„Viel …"

„Super, dass du uns das so genau erzählt hast. Aber da sind ja noch so viele Kinder, die gerne was sagen wollen. Ein kleiner Bub zum Beispiel, der gerade eine rosa Zuckerwatte bekommen hat. Schmeckt dir das pickige Zeug?"

„Mhm …"

„Hast du schon kalte Füße oder geht's noch?"

„Ja …"

„Was ja? Kalt oder nicht?"

„Nein …"

„Welches Weihnachtslied magst du denn am liebsten?"

„Entlein …"

„Alle meine Entlein? Das ist doch gar kein Weihnachtslied!"

„Mhm …"

„Es ist ja so spannend, mit Kindern zu plaudern, weil sie so munter drauf los reden. Vielleicht fragen wir noch ein kleines aufgewecktes Mädchen, das bist du doch oder?"

„ … "

„Sag einfach ja!"

„Mhm …"

„Was hättest du denn für einen Vorschlag, um das Parkplatz-problem rund um den Adventmarkt zu lösen? Der Bürger-meister hat ja schon einige Pläne, die von der Opposition als Schnapsideen bezeichnet werden …"

„Gebührenpflichtige Kurzparkzone …"

„Aha! Weißt du das von deinem Papa oder deiner Mama?"

„Papa …"

„Und wer ist das?"

„Bürgermeister …"

„Soviel für heute vom Adventmarkt. Ich gebe zurück ins Funk-haus …!"

Auch Zeitungsredakteure haben es manchmal gar nicht leicht. Allen müssen Sie's recht machen, sogar in einem ganz simplen …

WEIHNACHTSKOMMENTAR

Der ehrgeizige, junge Redakteur hatte in seinem Artikel genau das geschrieben, wovon er dachte, dass es dem Durchschnittsleser gefallen würde. Unter dem Titel ‚Klebriger Punsch' war er pauschal über den Weihnachtstrubel hergezogen: die schrillen Beleuchtungsorgien auf den Straßen, den regional völlig unpassenden Weihnachtsmann im Einkaufszentrum, das total verkitschte Christkind bei den Adventfestspielen, den überall angebotenen überzuckerten Punsch und die kleinen harten Maroni am Kirchenplatz.

Nachdem die Geschichte erschienen war, bekam der Redakteur zwar zustimmende Leserreaktionen (von seiner Mutter und Tante Gerda), leider aber auch einen Termin beim Chef.

„Lieber Kollege, da schauen Sie her! Der Besitzer des Einkaufszentrums, bekanntlich ein Jagdfreund unseres Herausgebers, schreibt in einem Mail, dass wir uns um wichtigere Dinge kümmern sollten, als um seinen Weihnachtsmann. Die Adventfestspiele weisen beleidigt auf eine Tradition hin, die bis ins Jahr 1976 zurückreicht. Und jetzt wollen sie nicht mehr bei uns inserieren.

Am unangenehmsten sind aber die Beschwerden der Punschhüttenbesitzer! Da ist zum Beispiel ein Mail von der Feuerwehr: Ihren Punsch schlecht zu machen, bedeute die gesamte Arbeit der Freiwilligen Feuerwehr in Misskredit zu bringen! Das Rote Kreuz meint, wir würden ihre medizinische Kompetenz in Frage stellen, wenn wir ihren Punsch als ungesund bezeichnen! Und der Fußballverein will wissen, ob wir mit unserem Käseblatt wirklich die Aufbauarbeit vieler Jahre zunichte machen wollen!"

Der junge Schreiberling verließ das Büro des Chefredakteurs um einen halben Meter kleiner als er gekommen war, aber das Schwierigste hatte er noch vor sich – einen Kommentar zur Wiedergutmachung zu schreiben. Und der erschien bereits am nächsten Tag:

Sie werden leider immer mehr, die Menschen, die für den Zauber der Vorweihnachtszeit unempfänglich geworden sind, die den Advent tatsächlich so negativ erleben, wie ich es an dieser Stelle unlängst drastisch beschrieben habe.

Diese bedauernswerten Kreaturen können sich weder über die zauberhafte Adventbeleuchtung freuen, die uns die Stadtverwaltung geschenkt hat, noch sind sie imstande, die frohe Botschaft des eigens aus fernen Landen zu uns gekommenen Weihnachtsmannes zu hören.

Aber wer beim Anblick des Christkinds bei den traditionellen Adventfestspielen (seit 1976!) nicht in Entzücken gerät, dem werden wahrscheinlich nicht einmal die köstlichen Punschspezialitäten unserer verdienten Vereine und die auf der Zunge schmelzenden Riesenmaroni am Kirchenplatz schmecken (der Maronibrater hatte sich zwar bisher noch gar nicht beschwert, aber sicher ist sicher).

Doch da ist Hoffnung! Es gibt noch Menschen, die es nicht unwidersprochen hinnehmen, wenn mieselsüchtige Weihnachtskritiker schlechte Laune verbreiten wollen! Ihnen allen sei Dank ... und ich hoffe, das genügt!

Manche Geschäftsideen liegen ja förmlich in der Luft, und wahrscheinlich ist die folgende ja auch schon irgendwo in die Tat umgesetzt worden. Vielleicht heißt sie sogar …

HAPPY PRESENT

Robert war ganz zufällig auf diese neue Firma aufmerksam geworden: Happy Present. Sie versprach ein Weihnachtsfest ohne den üblichen Geschenkestress. Man musste ihr nur die Namen der zu beschenkenden Personen bekannt geben, und alles andere managte Happy Present im Alleingang. Das Unternehmen recherchierte die jeweiligen Herzenswünsche, besorgte die Geschenke und ließ sie am Weihnachtsabend durch ein attraktives Christkind überreichen. Im Jänner wurde die Rechnung automatisch vom Konto abgebucht, sodass man sich wirklich um gar nichts kümmern musste. Natürlich schickte Happy Present dem Auftraggeber auch eine Auflistung der Geschenke zu, sodass dieser wusste, wer sich nach Weihnachten wofür bedanken würde.

Das war ganz nach Roberts Geschmack. Er buchte das Angebot inklusive automatisch zugestellter Glückwunschmails und Weihnachtskarten und genoss den Advent völlig entspannt und sorgenfrei. Zu Weihnachten wollte er sich ganz auf die Packerln konzentrieren, die er selbst bekam. Und siehe da: Sie wurden alle in einem Schwung von einem attraktiven Christkind gebracht. Auch die Geschenke seines besten Freundes waren dabei, und so rief er ihn gleich an.

„Hast du deine Geschenke vielleicht auch …?"

„… über Happy Present besorgt! Natürlich! Glaubst du, ich verschwende meine Zeit im Advent damit, mich in überfüllten Einkaufszentren herumschieben zu lassen? Sicher nicht! Was hast du denn von mir gekriegt? Die Typen von diesem

Weihnachtsservice sind nämlich wirklich gut! Die finden immer was Passendes!"

„Ich hab das Packerl noch gar nicht aufgemacht."

„Na egal, was drin ist. Denk dran, du hast zwei Wochen Zeit, es umzutauschen!"

Es ist aber auch gar nicht leicht, das jeweils richtige Geschenk zu finden. Diese Erfahrung müssen schon die Kinder machen. In der folgenden Geschichte sucht ein kleiner Bub ein passendes ...

PARFUM

„Na, junger Mann, das ist aber eine gute Idee, dass du deiner Mutter einen guten Duft schenken willst!", sagte die Verkäuferin in der Parfümerie.

„Ja, der Papa hat gesagt, er schenkt ihr heuer was anderes. Voriges Jahr hat er mit Parfums nämlich schlechte Erfahrungen gemacht!"

„Wieso?"

„Er hat bei Ihnen im Geschäft alle möglichen Düfte durchprobiert, und wie er zurück nach Haus gekommen ist, hat die Mama gesagt, er stinkt schon wieder wie ein Iltis. Die Mama ist nämlich ziemlich eifersüchtig!"

„Bei dir gibt's dazu ja keinen Grund!"

„Nein, trotzdem muss ich mich gut waschen, bevor ich morgen wieder in die Schule geh! Sonst wird das urpeinlich!"

„Also, was für ein Parfum möchtest du denn gerne?"

„Vielleicht das da in dem grünen Flascherl."

„Warum gerade dieses?"

„Grün ist Mamas Lieblingsfarbe!"

„Aber weißt du, bei einem Parfum kommt's mehr auf den Duft an! Was riecht denn deine Mama besonders gerne?"

„Wiener Schnitzel!"

„Ein Parfum, das nach Schnitzel riecht, gibt's leider nicht! Aber probier doch einmal das!"

„Hmm ... riecht wie die Tante Helga."

„Und magst du die?"

„Ich schon, aber die Mama nicht. Wegen der Tante Helga ist sie nämlich immer so eifersüchtig!"

„Pass auf, wir machen es so: Du schaust erst einmal zu Hause im Badezimmer nach, was auf dem Flascherl steht, das deine Mutter immer verwendet, und dann kommst du wieder her!"

So wurde es gemacht. Am nächsten Tag stand der Bub wieder im Geschäft, und die Verkäuferin fragte: „Na, wie heißt denn jetzt das Parfum von deiner Mama?"

Der Kleine holte einen Zettel aus der Tasche und las: „Chlorhexidindigluconat. Über Wirkungen und mögliche unerwünschte Wirkungen informieren Gebrauchsinformation, Arzt oder Apotheker."

Lassen wir die schnöde Welt des Konsums einmal kurz beiseite und genießen wir die Schönheit der Natur. Zum Beispiel einen verschneiten …

WINTERWALD

Welch wunderbarer weißer Traum!
Vor kurzem noch, man glaubt es kaum,
war hier die Landschaft grau und kahl,
und jetzt ist sie mit einem Mal
so still, so zart und glitzernd weich,
ein weltentrücktes Märchenreich.
Der Wald trägt feierlich die Last,
und ich spaziere ohne Hast
wie unter einem kühlen Dach
und denke über's Leben nach.
Da löst sich los vom höchsten Zweig,
wie ich mich grad vornüber neig,
ein Batzen Schnee, ich könnte schrei'n,
direkt in meinen Kragen rein.
Was hab ich grad noch sagen woll'n?
Den Schnee soll doch der Teufel hol'n!

Wenn wir durch den Wald spazieren, machen wir uns im Allgemeinen keine Gedanken darüber, wie ein Baum gewachsen ist. Sehr wohl aber beim …

CHRISTBAUMKAUF

„Ich sag dir was: Ich möchte diesmal nicht wieder so lange nach einem Baum suchen wie voriges Jahr!", sagte Wolfgang zu seiner Frau Gerda, als er mit ihr den Geschäftswald des Christbaumverkäufers am Hauptplatz betrat. Und schon ging er auf eine Tanne zu, die ganz offensichtlich seinen Vorstellungen entsprach. „Aus! Ich hab schon einen! Der ist kerzengerade gewachsen und hat genau die richtige Größe!"

„Dann stell ihn da auf die Seite!", antwortete Gerda.

„Soll das heißen, dass du weitersuchen willst? Wozu denn?"

„Nur so! Weil da noch so viele Bäume stehen, und jetzt, wo wir schon da sind, können wir sie uns doch anschauen! Der, zum Beispiel, ist auch ganz schön!"

Gerda hielt den Baum mit dem gestreckten linken Arm vor sich hin und zupfte an den Zweigen herum.

„Der ist zu schütter, eigentlich ein Besen!", lästerte Wolfgang.

„Und der?"

„Zu dicht! Ein Gestrüpp! Wo willst du da den Schmuck hinhängen?"

Gerda ließ nicht locker. „Schau einmal, da hinten sind noch ganz viele!" Mit diesen Worten verschwand sie zwischen mehreren stattlichen Bäumen.

„Wo bist du?", fragte ihr Mann nach einer Weile, denn er begann kalte Füße zu bekommen. „Hallo?"

Keine Antwort. Wolfgang zwängte sich auch in den Wald und verlor sofort die Orientierung. „Haben Sie irgendwo meine Frau gesehen?", fragte er einen plötzlich auftauchenden, ebenfalls herumirrenden Kunden. Der zuckte aber nur mit den Achseln:

„Ich bin niemandem begegnet, aber wissen Sie, wie man hier wieder rauskommt?"

„Nein ..." Ein besonders scharf benadelter Ast schnalzte Wolfgang ins Gesicht. „Gerda? Sag doch was!"

„Schau dir den einmal an!", sagte seine Frau, die nur zwei Meter hinter ihm gestanden aber im Dschungel verborgen gewesen war.

„Der hat so kurze Nadeln, aber dieser wär doch was!"

„Da fehlt genau hier ein Ast. Und was ist mit dem?"

„Da müssten wir die unteren zwei Quirln abschneiden!"

„Ich zahl doch nicht für eine so große Tanne und schneide sie dann ab!"

So ging es eine gute halbe Stunde weiter. Die Entscheidungskraft von Wolfgang und Gerda nahm zusehends ab.

„Ich sag dir was. Wir nehmen jetzt den ersten Baum, den ich vorgeschlagen habe!", stöhnte Wolfgang, während sie erschöpft wieder beim Christbaumverkäufer anlangten.

„Von mir aus, aber es war doch gut, dass wir uns auch alle anderen angeschaut haben!" stellte Gerda fest. „Jetzt wissen wir wenigstens, dass der erste wirklich der allerschönste war! … Wo ist er denn?"

„Den hab i grad verkauft! I hab dacht, Sie kummen nimmer!", sagte der Standler und zeigte auf ein Ehepaar, das den Baum gerade davontrug.

„War eigentlich eh schiach!", sagte Wolfgang, nachdem er einmal tief durchgeatmet hatte. Und Gerda ergänzte: „Hab ich gleich gesagt!"

Kinder haben die Eigenschaft, auch die selbstverständlichsten Dinge des Lebens zu hinterfragen. So lange, bis man als Erwachsener erkennen muss, dass diese gar nicht so selbstverständlich sind. Betrachten wir zum Beispiel einige …

FRAGEN ZUM CHRISTKIND

„Papa, wie war das jetzt? Der Jesus ist also am 24. Dezember geboren worden …"

„So ganz genau weiß man das heute nicht mehr, aber am Heiligen Abend feiern wir jedenfalls seinen Geburtstag!"

Das Kind überlegte, und der Vater dachte: ‚Schön, dass die Kleinen das Weihnachtsfest noch so naiv und unbefangen erleben.'

„Aber Papa, wenn das Christkind gerade erst geboren worden ist, wie kann es dann schon die Geschenke bringen?"

„Weil es eben alles kann!"

„Und wer ist dann das Christkind, das man überall im Fernsehen, auf den Plakaten und in den Kinderbüchern sieht? Mit dem weißen Kleid und den langen blonden Haaren?"

„Na ja, das ist halt das Christkind, wie es schon ein bisserl älter war!"

„Aber der Jesus war ja ein Bub! Der hat doch in dem Alter bestimmt nicht ausgeschaut wie ein Mädchen!"

„Sondern wie?"

„Na, so wie kleine Buben eben sind! Die haben aufgeschlagene Knie vom Radfahren, schwarze Fingernägel und garantiert keine Flügel!"

„Die Flügel haben sich die Menschen wahrscheinlich auch nur

ausgedacht, weil das Christkind im Himmel wohnt!"

„Damit kommen wir auch schon zum nächsten Problem …"

„Du solltest jetzt schlafen gehen!", sagte der Vater.

„Wo im Himmel sollte denn das sein? Da sind jetzt schon so viele Astronauten herumgeflogen, und keiner hat erzählt, dass er das Christkind gesehen hätte oder auch nur einen einzigen Engel!"

„Kind …! Für Menschen sind die himmlischen Wesen eben unsichtbar!"

„Und wie macht es das Christkind dann, wenn es für die Kinder die Geschenke besorgt? Geht es da in die Geschäfte und sagt: Grüß Gott, Sie können mich zwar nicht sehen und ich hab auch kein Geld, aber legen Sie die Sachen für die Kinder einfach da auf den Ladentisch …?"

„Das ist halt wie vieles andere auch ein Geheimnis!"

„Papa, weißt du, das finde ich so lieb an euch Erwachsenen, dass ihr Weihnachten so naiv und unbefangen erleben könnt!"

Zum Angebot eines ordentlichen Adventmarktes gehören neben kulinarischen Spezialitäten meist auch Mützen, Hüte, Handschuhe, warme Socken und …

FILZPATSCHEN

„Wer war der nächste?"

„Ich!"

„Entschuldigen S', i wart aber schon wesentlich länger wie Sie!"

„Des glauben S' aber nur! I bin schon da bei die Filzpatschen g'standen, da san Sie no drüben bei die Bienenwachskerzen umananda tamelt!"

„Bei die Wachskerzen war i gar net! Dafür bin i da scho längst ang'stellt g'wesen, wie Sie nebenan no ihr Punschhäferl z'ruckgeben ham. Wer waß, des wievielte des bereits war!"

Ein Herr drängte sich vor und sagte: „Verzeihung, Fräulein, während die zwa Herrschaften streiten, könnten S' *mich* doch bitte schnell bedienen! I waß schon ganz genau, was i will!"

„Nämlich?"

„I brauchert einfach nur a paar Filzschlapfen, für den Fall, dass jemand auf Besuch kommt und in seine Socken kalte Füß kriegert."

„Welche Farb?"

„Ganz egal, die san ja alle schön. Vielleicht je einmal die roten, die grünen und die blauen."

„Klane oder große?"

„Sag'n ma große! Oder warten S' … von die roten die klan

und von die grünen die großen …"

„Und von die blauen?"

„Is ja ganz wurscht! Sag'n ma halt von die blauen a die gro-ßen, aber dafür von die grünen doch die klan …"

„Die hab i leider nur in groß!"

„Dann geben S' ma stattdessen die grünen in blau und die klanen in groß!"

„Die roten in grün hätt i no da!"

„Kriegen Sie vielleicht vor'm Heiligen Abend noch a Liefe-rung, wo's dann mehr Auswahl gabert?"

„Leider, erst beim Weihnachtsmarkt im nächsten Jahr!"

„Na dann komm i halt in an Jahr wieder, so dringend brauch i die Patschen a wieder net!"

Das Zusammenleben zweier Menschen ist nicht immer einfach. Es kommt halt sehr darauf an, wie man sie löst – die im Alltag zwangsläufig auftretenden …

KONFLIKTE

„Liebling, ich hab grad gelesen, dass sich die Menschen zu Weihnachten so oft streiten! Kannst du dir das vorstellen?", fragte der langjährige Ehemann seine Frau.

„Überhaupt nicht, Schatz! Wo steht denn das?"

„Da in der Zeitung: Weil in diesen Tagen alle daheim versammelt sind und gemeinsam die schwierige Aufgabe haben, das Fest zu organisieren, brechen schwelende Konflikte auf!"

„Schatz, ich wüsste nicht, was bei uns aufbrechen sollte!"

„Liebling, ich auch nicht! Aber ich könnte dir ja zum Beispiel auf die Nerven gehen, indem ich sage, dass ich mir am Christtag eine schöne Wanderung durch den weißen Winterwald wünsche!"

„Aber Schatz, das würdest du doch nie sagen, weil du genau weißt, dass am 25. die Verwandtschaft zum Essen kommt!"

„Wie recht du hast, Liebling! Wir täten uns bestimmt nicht einmal dann streiten, wenn ich darauf bestehen würde, dass wir es eben, Himmelfix, einmal anders machen! Ohne Verwandtschaft!"

„Schatz, du bist so lieb!"

„Ich weiß! Andere würden jetzt zum Beispiel wütend ein Bier aufmachen und den Rest des Abends schweigend vor dem Fernseher verbringen!"

„Schatz, ich habe heute dein Lieblingsbier gekauft, weil

ich dir das von Herzen gönne, dass du jeden Abend fad da sitzt und dir auch die allerblödesten Sendungen anschaust!"

„Liebling, andere hätten mir schon den Suppenteller aufgesetzt, aber du würdest das nie tun!"

„Schon deshalb nicht, weil es mir schade um die Suppe wäre, mein lieber Schatz!"

„Aber du könntest mir wenigstens einmal geradeheraus sagen, was du über mich denkst, Liebling!"

„Schatz, du willst es wirklich hören?"

„Ja, zum Teufel!"

„Ich liebe dich!!!"

„Ich dich auch!!!"

Weil in einem Land, wo alles seine Ordnung hat, auch die Entsorgung eines Christbaumes geregelt werden muss, legt man es heutzutage gerne amtlicherseits fest, wo die Bäume nach Gebrauch zu deponieren sind. Schon am Tag vor dem Fest treffen einander zwei Frauen ganz zufällig an einem solchen …

CHRISTBAUMSAMMELPLATZ

„Also was sag'n S' jetzt? Da liegt auf'm Christbaumsammelplatz schon der erste Bam!"

„Na, des is aber seltsam! Heut is ja erst der 23. Dezember!"

„Vielleicht liegt der Bam ja no vom vorigen Jahr da!"

„Gehen S' hören S' auf! I glaub eher, es hat sich wer im Datum g'irrt und Weihnachten an Tag zu früh g'feiert!"

„Oder es hat jemand irrtümlich an Bam kauft, obwohl er am 24. gar net z'Haus is. Und glei wieder entsorgt!"

„Des passert ganz zum Herrn Prohaska! Des is a komischer Kauz!"

„So a großer Blonder?"

„A klaner Schwarzer!"

„Wurscht, i kenn überhaupt kan Prohaska!"

„Jedenfalls frag i mi, was dahinter steckt! Vielleicht hat irgendwo die Frau net g'wusst, dass ihr Mann schon an Christbaum kaufen war!"

„Mir fallt grad ein, dass i a no gar kan hab …"

„Jetzt sagen S' aber net, dass Sie den mitnehmen woll'n!"

„Eh net! I feier doch net mit an gebrauchten Bam!"

„Wer waß is er gebraucht? I hab übrigens a no kan!"

„Auf alle Fälle, wenn er einmal da liegt, könnt ihn doch jeder mitnehmen!"

„Natürlich, aber bitte, wie schaut denn des aus? Als ob ma sich kan Bam leisten könnt!"

„Ganz richtig!"

Die zwei Frauen verabschiedeten sich, und jede ging nach Hause, in der festen Absicht, sich den Baum am Abend heimlich zu schnappen.

Beide kamen und wurden enttäuscht. Herr Prohaska hatte sich seine Tanne nämlich inzwischen wieder geholt. Und er amüsierte sich am Fenster seiner Wohnung gegenüber köstlich über seinen Spaß, denn er ist wirklich ein komischer Kauz.

Die Menschen sind sehr verschieden. Die einen versuchen alles schon lange im voraus zu klären, andere lösen ihre Probleme grundsätzlich …

IM LETZTEN MOMENT

„Ich hab schon alle Weihnachtsgeschenke beisammen!", sagte Lisi bereits Ende November zu ihrem Cousin Stefan, und die provokante Art, wie sie das sagte, bedeutete so viel wie: ‚Wenn man sich so gut organisiert wie ich, dann ist alles kein Problem!'

„Und was hast du davon?", antwortete Stefan demonstrativ unbeeindruckt.

„Das liegt doch auf der Hand! Ich erspare mir den Trubel in den Geschäften und das panische Gefühl im Bauch, bald unbedingt irgendetwas kaufen zu müssen!"

„Ich hab auch kein panisches Gefühl! Ich geh seelenruhig an den Menschenmassen vorbei, weil ich genau weiß, dass man die besten Geschenke erst im letzten Moment findet!"

Als Stefan seine Cousine Mitte Dezember wieder sah, rief er ihr gleich zu: „Ich hab noch nichts, aber ich bin völlig entspannt!"

„Ich hab dich gar nicht danach gefragt!", sagte Lisi.

„Das ist auch besser so …" murmelte Stefan ziemlich unentspannt, und er überlegte, die Geschenkefrage vielleicht doch allmählich anzugehen. Das nächste Mal traf Stefan Lisi drei Tage vor Weihnachten. Lisi sagte kein Wort.

„Warum schaust du mich so an? Ich bin die Ruhe selbst!", schnappte Stefan.

„Weil ich gerade überlege, ob du schon ..."

„Nein, habe ich nicht!", rief er und suchte das Weite. „Die besten Geschenke findet man im letzten Moment", skandierte Stefan mehrmals hintereinander vor sich hin, und bald hatte er sich wieder im Griff.

Aber dann kam das, was kommen musste: der Nachmittag des 24. Dezember. Stefan hatte zwar noch immer keine Idee, doch jetzt musste er handeln. Er stürzte auf die Straße und kollidierte vor dem Haustor mit einem Mann, der einen großen Karton trug.

„Entschuldigen Sie! Ist was passiert?", sagte er.

„Na, hoffentlich net! Da san nämlich ziemlich zerbrechliche Sachen drin!"

Der Mann öffnete den Karton und holte vorsichtig mehrere wunderschön geschliffene, gläserne Sterne heraus, in allen Größen, Farben und Formen.

„Was ist das?", fragte Stefan.

„Sachen, die ich drüben am Adventmarkt leider nimmer verkauft hab. Jetzt werd'n die Stern bis nächste Weihnachten eing'lagert."

„Und was wäre, … wenn ich Ihnen die Glassterne abkaufen würde?"

„Dann kriegen Sie s' zum Sonderpreis!", sagte der Standler. Stefan verschenkte in diesem Jahr ausschließlich gläserne Weihnachtssterne, von denen alle ganz begeistert waren.

Die besten Sachen hatte er ja immer noch im letzten Moment gefunden!

Bei vielen eingepackten Mitbringseln kann man schon von au-
ßen erkennen, was drinnen ist: zum Beispiel ein Buch oder
eine CD. Im Mittelpunkt der folgenden Begebenheit steht
allerdings eine …

GEHEIMNISVOLLE BLECHDOSE

Der Oberdörfler Turnverein
hat Weihnachtsfeier, extrafein,
und viele hab'n was mitgebracht,
was Groß und Klein viel Freude macht.
Nur eine Dose mit nix drauf
gibt plötzlich große Rätsel auf.
Der Franz sagt: „Wo gehört die hin?
Da ist doch irgendetwas drin!"
„Aus Blech ist sie und ziemlich schwer!",
meint da wieder ein anderer.
„Es scheppert nichts, wenn man sie kippt,
und klingt nicht hohl, wenn man dran tippt!
Ich greif sie lieber gar nicht an,
weil man ja niemals wissen kann!"
Der Max hingegen trägt sie weg
und untersucht sie still im Eck,
kommt schmatzend bald darauf zurück,
und sagt: „Ihr habt ein Riesenglück,
weil diese Dose nämlich da
a Kalorienbombe war!
Ein Nougattorterl, köstlich, echt,
sie is entschärft, und mir is schlecht!"

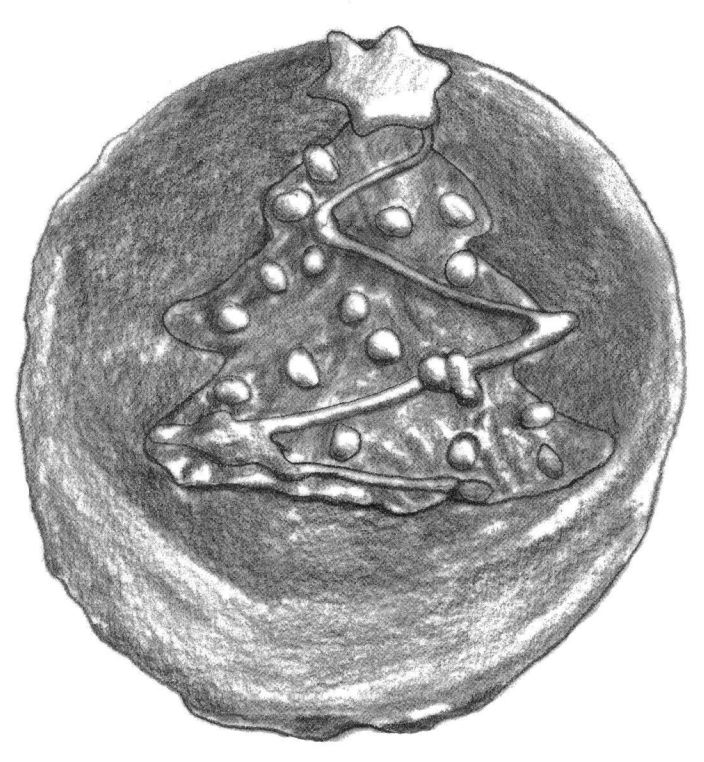

In vielen Familien spielt sich der 24. Dezember immer nach demselben Muster ab. Erst wird der Baum aufgeputzt, und dann gibt's oft noch eine anstrengende …

GESCHENKETOUR

„Kurti, kannst du bitte die Geschenke ausführen? I werd sonst nimmer mit der Arbeit fertig!", sagte Claudia zu ihrem Mann, und obwohl sie es als Frage formulierte, wollte sie nicht darüber diskutieren. Wie jedes Jahr hatte sie für Verwandte und Bekannte hübsche Geschenksackerln vorbereitet, die nun, am Vormittag des 24. Dezember, zu den Empfängern gebracht werden mussten. Die wohnten im ganzen Ort verteilt, und da es 15 Sackerln waren, ergab sich daraus schon eine ausgiebige Rundfahrt.

Kurt packte die Sachen also ins Auto und fuhr los. Aber gleich beim ersten Adressaten, bei den Pokornys, war niemand zu Hause. Dafür traf er vor dem Haustor der Lischkas den Hansi, der auch gerade losfahren wollte, um Geschenke zuzustellen.

„Spielst a den Santa Claus?", sagte Hansi. „I hab an Schippel Geschenke zum verteilen, da san bestimmt welche dabei, die du a auf deiner Listen hast!"

„Manst leicht, dass ma da was rationalisieren könnten?"

„Sicher! Komm rein! Mei Frau is grad bei ihrer Mutter."

Hansi und Kurt gingen ins Haus und setzten sich an den Küchentisch.

„Schau, da is erst einmal euer Geschenk!", sagte Kurti und stellte das Lischka-Sackerl auf den Tisch.

„Jö, a Flaschen Whisky, die mach ma glei auf!", rief Hansi,

holte zwei Gläser und stieß mit Kurti an. „Und geh ma amal unsere Zetteln durch!"

„Da hammas schon! Schöberl, Komarek und Otto-Onkel san gleich, die könnt i übernehmen!"

„Und die Trude, die Lamprechts und den Sepp mach i, da hätt ma uns schon was erspart! Der Whisky is übrigens wirklich guat, da trink ma jetzt no an Schluck!"

„Super! Der Sepp und die Trude liegen allerdings eher auf meiner Strecken!"

„Dann übernimm i die Schöberl und den Otto Onkel. Und wenn du für mi noch die Hermi macherst, fahrert i dafür zum Rudel!"

„Die Hermi kenn i ja gar net!"

„Is ja wurscht, i den Rudel ja a net, aber es geht doch um die Wegersparnis, verstehst? No a Glaserl?"

„Gern! Dem Karl, dem schenken wir übrigens schon lang nix mehr …"

„Wieso?"

„I man nur, weil du den auf deiner Listen hast! Gibst ma no a Schluckerl, und dann brech ma auf!"

„Dem Karl muss i was schenken, weil ma der beim Haus bauen g'holfen hat!"

„Aber des is doch scho zehn Jahr her!"

„Hast recht, dann kriegt er halt heuer nix, aber sag *du* mir dafür: Was spricht für die Komareks und den Otto-Onkel?"

„Waß i net! Stornier ma's halt, und die Hermi und die Lamprechts a. Wegen der Wegersparnis! Haha! Prost!"

„Was hätten denn die Lamprechts kriegt?"

Mit diesen Worten begann eine übermütige Runde des Ge-
schenkeauspackens. Ein mühsames Verteilen der weihnacht-
lichen Gaben wurde dadurch überflüssig, abgesehen davon,
dass Kurt und Hansi infolge ihres Whiskykonsums sowieso
nicht mehr Auto fahren konnten.

PS.: Im folgenden Jahr haben die Frauen der beiden die
Geschenkeverteilung wieder selbst übernommen.

Dass rund um den Heiligen Abend immer alles so abläuft wie im Jahr davor, ist einerseits zweckmäßig. Aber es kommt auch vor, dass man eines Tages nichts mehr wissen will, von dieser ewigen …

Weihnachtsdramaturgie

Als Roland seine Irmi heiratete, war das auch eine Art Befreiungsschlag. Er wollte endlich sein eigenes Leben führen und solche Verpflichtungen loswerden, wie am Heiligen Abend zuerst bei der Tante Hedwig zu jausnen, danach am Friedhof Kerzerln anzuzünden, bei der Schrebergarten-Oma Bescherung zu feiern und schließlich noch bei Onkel Max im Altersheim vorbeizuschauen.

Seine ganze Kindheit lang hatte Max dieses Programm alljährlich absolviert, bevor in der elterlichen Wohnung endlich das richtige Christkind kam. Da waren dann leider alle schon ziemlich erschöpft und konnten es nicht mehr so recht genießen.

Nun durfte er an sich selber denken und natürlich an Irmi. Die beiden hatten eine eigene Wohnung, jeder seinen Beruf, also bitte: es war Zeit, mit gutem Gewissen den Reset-Knopf des Lebens zu drücken.

Als Roland mit Irmi den ersten gemeinsamen Christbaum kaufte, murmelte er ganz nebenbei: „Wir müssen uns noch überlegen, wann wir die Bescherung machen. Ich würde sagen möglichst früh, damit wir noch Zeit für ein gemütliches Abendessen haben."

Irmi antwortete erst, nachdem ihr der Verkäufer den Baum in die Hand gedrückt und Roland gezahlt hatte. „Na ja!", sagte sie. „Zuerst sollten wir halt zu meinen Eltern fahren und dann zu deinen. Außerdem hab ich da noch meine alte Tante Susi, die ich kurz besuchen will. Das ist doch in Ordnung oder?"

„Natürlich!", antwortete Roland. „Wir haben ja alle Zeit der Welt! Nur, wenn wir zu deiner Tante Susi fahren, tät sich meine Schrebergarten-Oma wahrscheinlich kränken, wenn wir dort nicht auch noch … also, kurz feiern könnten. Und der Onkel Max vielleicht, aber das können wir ja noch überlegen."

„So entstand ganz spontan die Weihnachtsdramaturgie von Roland und Irmi, die fortan auch so beibehalten wurde.

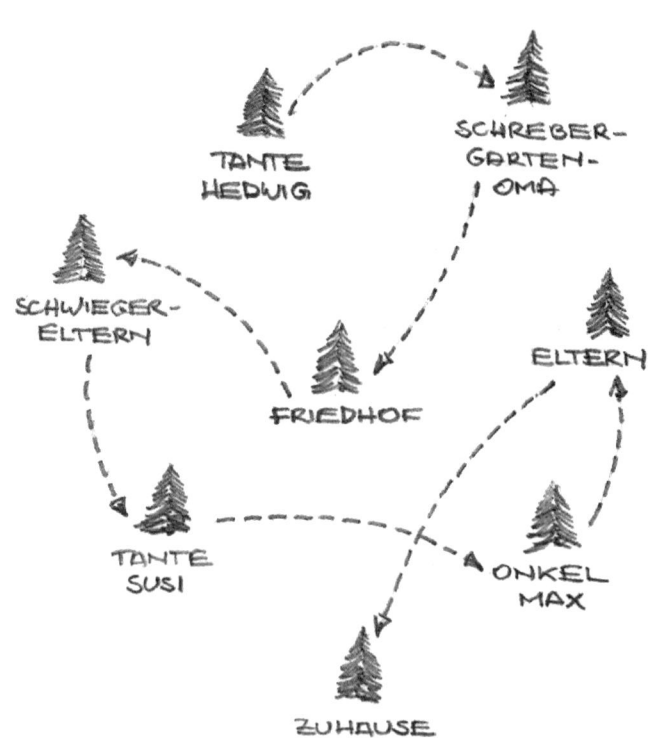

Wirkliche Wunder geschehen nur ganz selten. Aber wenn man ein bisserl nachhilft, kann man sie jederzeit erleben, die kleinen bis mittleren …

WEIHNACHTSWUNDER

Es war am 24. Dezember vormittags. Michael war in Eile, und so fuhr er mit seinem Wagen ziemlich zügig dahin. Im Zentrum der Stadt überholte er ein anderes Auto und zwängte sich davor wieder in die erste Spur. An der nächsten roten Ampel kamen beide hintereinander zu stehen, und Michael sah durch den Rückspiegel, wie der gerade überholte Fahrer ausstieg und auf ihn zukam.

‚Na, wenn sich der jetzt beschwert, kann er was erleben‘, dachte er und legte sich insgeheim schon einige saftige Schimpfworte zurecht. Michael ließ die Scheibe herunterfahren, um der Schimpftirade des anderen zuvorzukommen, aber was sagte er?

„Entschuldigen Sie vielmals, ich hätte Sie hier nicht überholen sollen!"

Michael staunte selbst, was ihm da über die Lippen kam, aber noch viel verblüffter war sein Gegenüber.

„Alles in Ordnung!", antwortete der Mann aus dem anderen Wagen. „Es ist ja nichts passiert, ich wollte Sie nur fragen, ob Sie vielleicht ein Problem haben, weil Sie so schnell unterwegs sind!"

„Nein, nein, danke, es gibt keine Entschuldigung, meine Aktion war einfach rücksichtslos!"

„Vielleicht bin ich auch zu langsam gefahren, weil ich gerade telefoniert habe. Das hätte ich nicht tun sollen!"

Inzwischen war die Ampel wieder auf grün gesprungen, und die zwei Autofahrer hielten die ganze Kreuzung auf. Ringsherum begannen die Leute zu hupen und schließlich auszusteigen. Bedrohlich näherten sie sich den ersten beiden Fahrzeugen, aber dann sagte einer:

„Können wir helfen? Wir wollen ja nicht stören, wenn Sie gerade was Wichtiges zu besprechen haben, aber wann glauben Sie, dass es hier wieder weitergeht?"

„Sofort!", rief Michael. „Aber lassen Sie mich die Gelegenheit benützen, Ihnen allen frohe Weihnachten zu wünschen!"

„Und falls wir uns nicht mehr sehen sollten, einen guten Rutsch ins neue Jahr!", fügten die Autofahrer im Chor hinzu. „Und wenn Sie was brauchen … jederzeit!"

Wie gesagt, das geschah am 24. Dezember. Am nächsten Tag war alles wie immer.

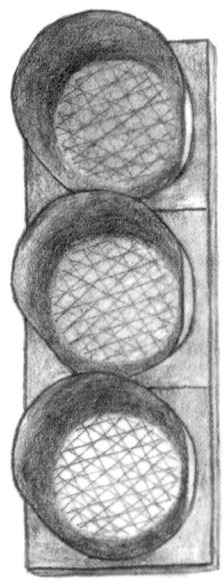

Bestimmt sind Sie auch dieser Meinung: Die Zeiten sind schlechter geworden. Alles war besser …

FRÜHER

Das alte Ehepaar Munzinger betrachtete den fertig geschmückten Christbaum.

„Schön is er worden!", stellte Herr Munzinger fest.

„Obwohl die Bam früher generell viel dichter war'n!", schränkte seine Frau ein.

„A des Grün von die Nadeln kann ma mit früher gar net vergleichen!"

„Und der Tannenduft war viel intensiver! Also i riech bei dem Bam fast nix!"

„Heutzutag gibt's ja net amal mehr weiße Weihnachten, weil sich die Politiker die Schneeräumung ersparen wollen!"

„Dabei hat ma ja heute keine Ahnung mehr, was Sparen wirklich haßt! Wir hab'n zum Beispiel seinerzeit die Christbaumkerzen gar net anzünden dürfen, damit ma's im nächsten Jahr wieder verwenden können!"

„Des is no gar nix, wir hab'n uns net amal a Christbaumkreuz lcistcn können!"

„Geh hör auf! Was derzählst denn schon wieder für Schauerg'schichten!"

„Meiner Seel! Wir Kinder hab'n den Bam bei der Bescherung halten müssen, damit er net umfallt! Damals hab'n no alle mitg'holfen in der Familie, des kann sich heute gar keiner mehr vorstellen!"

„Na, es war a a andere Zeit! Da hab'n sich die Leut a no

mehr gedacht, wenn s' irgendwas g'macht hab'n!"

„Was sich a Mensch früher in einer Stund gedacht hat, davon könnten die heutigen a ganze Wochen leben!"

„Obwohl, was is heute no a Wochen? Gar nix! Früher waren des volle sieben Tag!"

„Aber schön is er wordn!", fasste Herr Munzinger zusammen.

„Obwohl – wie g'sagt – die Bam früher generell dichter war'n!", schränkte seine Frau ein.

Zu einem Weihnachtskripperl gehören neben der Heiligen Familie üblicherweise die drei Könige, Ochs und Esel, mindestens ein Hirte und natürlich dessen …

SCHAFE

„Schau dir das schöne Kripperl an!", sagte Tante Mimi. Sie war mit ihrem Mann Rudi auf einem Weihnachtsflohmarkt und stand gerade vor einem offensichtlich selbst gebastelten Ensemble mit hübsch modellierten Tonfiguren.

„Die würd gut bei uns auf die Kommod passen!", sagte Rudi, und kurz entschlossen wurde die Krippe gekauft.

Zu Hause angekommen stellte sie Onkel Rudi gleich auf: zuerst den Josef mit der Maria, die übrigens beide einen seltsam verschmitzten Gesichtsausdruck hatten, die Krippe mit dem Jesuskind und schließlich die Schafe.

Jedes Mal, wenn Onkel und Tante in den darauffolgenden Tagen an der Krippe vorüberkamen, erfreuten sie sich an ihr, bis Tante Mimi plötzlich ein nachdenkliches Gesicht machte.

„Rudi! Schau dir einmal die Krippe an! Wie wir die kauft hab'n waren des doch nur drei Schaf, und jetzt san's fünf!"

„Gibt's ja net!", sagte Rudi. Aber auch er musste schließlich zugeben, dass die Schafe mehr geworden waren, und als er am nächsten Morgen gleich in aller Früh nachzählen ging, waren es schon sieben.

„Tu doch was!", sagte Tante Mimi nach einer Woche. „Die ganze Kommod is a einzige Schafherden! Wenn des so weitergeht, liegen's am Teppich a no umanand!"

„Wir brauchen an g'scheiten Hirtenhund!", antwortete Rudi, aber zwei Tage später wäre das Problem auch für den besten Hirtenhund nicht mehr zu bewältigen gewesen. Die Schafe waren überall: Im ganzen Wohnzimmer lagen und standen sie herum, und man konnte nichts tun, als wenigstens die Zimmertür verschlossen zu halten.

„Morgen sammeln wir die Viecher alle ein und bringen sie raus aus der Wohnung!", schluchzte die inzwischen etwas hysterische Mimi abends vor dem Einschlafen in ihren Kopfpolster hinein (auf dem sich glücklicherweise noch kein Schaf befand). Und Onkel Rudi murmelte wenig überzeugend: „Immer mit der Ruhe!".

Er träumte natürlich von einer Schafherde und erwachte schließlich, weil ihn seine Frau heftig rüttelte. „Rudi, steh auf, die ganzen Schaf san weg! Mitsamt dem Hirten!"

Der Onkel wälzte sich aus dem Bett und wirklich: Die Viecher waren alle verschwunden. Weitergezogen, so wie das Schafherden eben tun.

Nur eines fiel ihm auch gleich auf. Wie sie die Krippe gekauft hatten, waren auf dem Dach noch zwei Tauben gesessen. Jetzt waren es fünf …

Unter einer Familie verstand man früher Vater, Mutter und Kind(er). Heute ist das Kind oft gar nicht mit seinem Vater verwandt, oder die Mutter lernt es erst kennen, wenn sie mit dessen Vater zusammenzieht. Wenn geschiedene Eltern dann noch gemeinsamen Nachwuchs bekommen, entsteht mitunter eine komplizierte …

PATCHWORKFAMILIE

„Na, da haben wir ja einen schönen Auftrag ausgefasst!", sagte der kleine Weihnachtsengel Dani zu seiner Engelkollegin Rosi. „Hast du's schon gesehen?"

„Ja!", stöhnte Rosi. „Wir sollen diesen Berg Geschenke zustellen. *Achtung Patchworkfamilie!* hat das Christkind draufgeschrieben! Aber was soll's, düsen wir los!"

Voll beladen machten sich die zwei auf den Weg und landeten bald darauf im Wohnzimmer des angegebenen Hauses.

„Lass uns die Packerln erst einmal sortieren!", sagte Dani.

„Da steht überall Papa drauf!"

„Ja, aber schau einmal genau! Da gibt's einen Christoph-Papa, einen Lorenz- und einen Martin-Papa. Und Mamas haben wir auch drei!"

„Du lieber Himmel! Eine Helena-, eine Nora- und eine Theresa-Mama!"

„Und dazu kommen noch die Omas, Opas und Kinder: Glaubst du, dass die Valentina die Tochter von Lorenz und Nora ist?"

„Wieso ist ihr Christkindbrief dann von der Theresa-Mama abgeschickt worden?"

„Keine Ahnung! Der Brief vom Elias stammt jedenfalls aus dem Fenster vom Christoph-Papa …"

„Aber da steht doch: Frohe Weihnachten wünschen Helena und Martin …!"

Ratlos lasen die zwei kleinen Weihnachtsengel die verschiedenen Namen auf den Packerln. Die Zeit drängte, denn da war auch schon das Christkind, um alles zu kontrollieren, und draußen im Vorzimmer hörte man bereits das Gemurmel der ganzen vielköpfigen Patchworkfamilie.

„Schlichten wir einfach alles übereinander!" sagte das Christkind mit sanfter, wenn auch leicht abgehetzter Stimme. „Ich kenn mich in dieser Familie auch nicht mehr aus. Aber solange sich die Christophs, Helenas und Valentinas so viel schenken, dürfte ja alles in Ordnung sein. Und jetzt raus! Ich läute! Wir treffen uns gleich beim jungen Paar nebenan. Dort ist es übersichtlicher!"

Man kann es immer wieder beobachten: Irgendwann am späten Nachmittag des 24. Dezember schlägt die Stimmung um. Der seit Wochen herrschende Trubel verhallt. Und zurück bleibt eine, mit keinem Moment des Jahres vergleichbare …

HEILIGE RUHE

Am Weihnachtsmarkt wird's langsam still,
weil niemand mehr was kaufen will.
Das Ringelspiel ist abgestellt,
der Punschverkäufer zählt sein Geld,
auch die Maroni sind schon aus,
die Menschen woll'n jetzt nur nach Haus.
So scheint's mir jedenfalls zu sein,
denn irgendwie zieht Frieden ein.
Die Krähen krächzen weihnachtlich,
die Ampel blinkt fast feierlich,
zumindest hier, kein Zweifel dran,
hält grad die Welt den Atem an.

Je komplizierter die Technik wird, desto häufiger entwickelt sie ein seltsames Eigenleben. Das merkt man zum Beispiel immer wieder am heute so beliebten …

NAVIGATIONSGERÄT

Josef führte eine kleine Tischlerei. Obwohl es an diesem 24. Dezember schon auf Mittag zuging, wollte er einem seiner Kunden noch den Kostenvoranschlag für eine neue Ofenbank vorbeibringen. Denn er war alleinstehend, hatte sonst keine Termine mehr, und die Familie, der er das Angebot bringen wollte, wartete schon darauf.

Josef tippte also die Adresse in sein Navi und fuhr los. Der kleine Bauernhof mit dem Kachelofen lag in einer ihm unbekannten Gegend, und so musste er den Anweisungen des Gerätes blind vertrauen.

„Fahren Sie links, im nächsten Kreisverkehr die dritte Ausfahrt rechts, dann geradeaus …", sagte das Kastel und führte Josef auf rutschigen Straßen durch die Winterlandschaft. Endlich versprach es nur mehr drei Minuten Fahrt, und das beruhigte ihn.

Da sah er vor sich in einer unübersichtlichen Kurve einen abgestellten PKW, während sein Navigationsgerät sagte: „Sie sind am Ziel!".

Josef stieg aus und erkannte, dass jemand in dem Auto saß: eine junge Frau, der es offensichtlich nicht gut ging.

„Kann ich Ihnen helfen?", fragte er, und die Frau sagte mühsam: „Es ist mein Baby, ich hab nicht gedacht, dass es so schnell gehen kann …"

Josef verständigte die Rettung, und als diese wenig später mit der werdenden Mutter ins Krankenhaus fuhr, folgte er mit seinem Auto. Im Spital fragte er sich gleich in die Geburtenabteilung durch.

„Wollen Sie dabei sein?", fragte eine Schwester.

„Ja, das heißt nein ...", antwortete Josef.

„Sind sie der Vater?"

„Eben nicht ...", Josef fand es zu mühsam, die Geschichte zu erklären und setzte sich auf eine Bank am Gang.

Schon nach einer dreiviertel Stunde brachte man Mutter und Baby aus dem Entbindungsraum, und Josef sagte: „Gratuliere, das war ja ganz schön knapp! Ich wollte Ihnen nur Ihre Autoschlüssel bringen!"

„Mein Gott, Sie waren ja sowas wie ein Glücksengel ... ich hab nicht einmal mein Handy dabei gehabt ..."

„Da haben Sie meines!"

„Wozu?"

„Na, damit Sie zu Hause anrufen können, Ihren Mann, Freund oder so!"

Sie wollte im Augenblick niemanden anrufen, und so lebt die kleine Familie heute in der Wohnung über Josefs Tischlerei. Ob die junge Mutter Maria heißt? Also bitte, das wäre jetzt doch gar zu kitschig ...

Jeder hat schon von Facebook, Twitter und Co. gehört, und vor allem die Jüngeren nützen diese sozialen Netzwerke sehr intensiv. Manche können ihr Handy gar nicht mehr aus der Hand legen, und so gibt es natürlich auch zahlreiche …

Postings zur Stillen Nacht

Es war kurz vor sieben, die Zeit, zu der die Familie Fiala üblicherweise mit ihrer Bescherung begann. Alle standen im Vorzimmer herum, nur der Vater fehlte wie immer, wenn das Glöckchen läutete. So wie jedes Jahr stand er dann auch wieder plötzlich da und fragte, ob die anderen vielleicht auch etwas gehört hätten.

Der kleine David stürzte zur Wohnzimmertür, Oma und Opa gingen hinterdrein, dann kamen die Eltern und schließlich die vierzehnjährige Laura. Als einzige achtete sie nicht auf den Kerzenschimmer, der hinter der matten Glastür zu sehen war, sondern starrte auf ihr Handy.

„Laura, kannst du dieses blöde Ding nicht wenigstens am Heiligen Abend aus der Hand legen?", sagte die Mutter, doch Laura antwortete nicht und tippte stattdessen herum. Über Facebook korrespondierte sie gerade mit ihrer Freundin Emma und schrieb:

„Bei uns geht's grade los! Mein Vater glaubt immer noch, ich wüsste nicht, dass *er* gebimmelt hat!"

Gleich folgte Emmas Antwort: „Wie bei uns. Wir singen schon Stille Nacht!"

„Super Baum bei uns!"

„Hoffentlich krieg ich das Smartphone!"

„Und ich den Tablet-Computer!"

„Ich seh ein Packerl, da könnte es drinnen sein!"

„Jetzt singen *wir* die Stille Nacht!"

„Wir lesen das Weihnachtsevangelium!"

„Dann konzentriert euch bitte, alle beide!"

„Was meinst du damit?"

„Keine Ahnung! Das Posting ist nicht von mir!"

Irgendjemand hatte sich in die Kommunikation von Laura und Emma eingeklinkt und meldete sich jetzt schon wieder.

„Für diesen Heiligen Abend haben sich einige Menschen sehr viel Mühe gegeben. Inklusive mir! Euer Christkind."

Laura und Emma diskutierten noch lange darüber, von wem die Nachricht gekommen war. Vielleicht hatten sie ihre Eltern ja auch unterschätzt, denn die wussten inzwischen ebenfalls mit Facebook umzugehen.

Weihnachten sollte ein Fest des Friedens sein, und doch können manche Fernsehstationen nicht einmal am Heiligen Abend auf die üblichen Krimis verzichten. Aber wenn es schon sein muss, schlage ich für den 24. Dezember wenigstens einen thematisch passenden Kriminalfilm vor, zum Beispiel …

SOKO CHRISTMAS

Es ist Heiliger Abend, und der 75-jährige Karl S. kommt gerade von einem Friedhofsbesuch nach Hause. Mit dem Lift fährt er in den vierten Stock, wo er schon jahrzehntelang wohnt, seit einiger Zeit ganz alleine.

Er sperrt die Wohnungstür auf und hat gleich das sonderbare Gefühl, dass hier etwas nicht stimmt. An der Tür zum Wohnzimmer bleibt er wie angewurzelt stehen. Da leuchtet ein kleiner Christbaum mit elektrischen Kerzen, und davor liegen einige kleine Geschenke.

In der nahegelegenen Polizeistation hat man bis jetzt gehofft, einen ruhigen Abend verbringen zu können, doch damit ist es jetzt vorbei. Major Pischinger und Oberst Kratochwil springen ins Auto und sind schon nach wenigen Minuten am Tatort.

„Und der Christbaum ist bestimmt noch nicht da gestanden, wie Sie die Wohnung zuletzt verlassen haben?", fragt Pischinger den noch immer fassungslosen Karl S.

„Ja, das heißt nein oder vielmehr ja! Ich kann mir jedenfalls nicht vorstellen, wer die Sachen da gebracht haben könnte!"

Oberst Kratochwil sieht sich währenddessen nachdenklich im Zimmer um und sagt dann: „Wir brauchen die Spurensicherung, das volle Programm!"

Wenig später wird alles genau fotografiert, und ein Kriminaltechniker kommt zum vorläufigen Schluss, dass jemand die Christbaumbeleuchtung wahrscheinlich eingeschaltet hat, *bevor* Herr S. ins Wohnzimmer kam.

„Dieser Fall ist ungewöhnlich!", stellt Pischinger fest. „Und irgendetwas sagt mir, dass wir die Geschenkpakete öffnen müssen, um etwas über den Täter zu erfahren!"

„Jetzt gleich?", fragt Kratochwil.

„Jetzt sofort, da ist keine Zeit zu verlieren!"

Entschlossen nimmt Pischinger eines der Päckchen in die Hand und versucht, die Masche aufzuknoten. Plötzlich fällt ihm ein daran befestigtes Kärtchen auf.

„Soll ich vorlesen, was da draufsteht?", fragt er bedeutungsvoll, und alle im Raum starren ihn fragend an: „Hier steht …" Pischinger räuspert sich. „Lieber Opa, frohe Weihnachten von deiner Anna!"

„Das ist meine Enkelin!", ruft Karl S. und schlägt die Hände zusammen.

„Opa!", ruft Anna, die in diesem Moment die Szene betritt.

„Mama hat mir die Wohnungsschlüssel geborgt. Ich hoffe, du hast dich gefreut. Aber wer sind all diese Leute?"

„Wir haben unsere Arbeit getan!", sagt Oberst Kratochwil, und nachdem er sich mit Pischinger draußen wieder ins Polizeiauto gesetzt hat, brummt er: „Dieser Job ist manchmal knallhart, aber wenn man so einen komplizierten Fall lösen kann, ist das halt auch ein verdammt gutes Gefühl!"

Wie man die Ereignisse des Lebens deutet, kommt ganz auf die Perspektive an, aus der man sie betrachtet. So hat zum Beispiel der Hund Lucky eine ganz spezielle Sicht der Dinge, wenn es um seinen Feiertag geht, den ...

TAG DES HUNDES

Einmal im Jahr bedanken sich die Menschen bei den Hunden für ihre Treue und Anhänglichkeit. Da wird auch meine Menschenfamilie schon wochenlang vorher ganz schusselig und versucht sich, mit dem Geruch von brennenden Kerzen zu beruhigen. Die werden in einen Ring aus Tannenreisig gesteckt, der wahrscheinlich eine Kranzelextra symbolisieren soll.

Im Radio spielen sie Hundelieder, so schön langsam zum Mitsingen, und ich kann im ganzen Haus tun und lassen was ich will, weil alle mit der Vorbereitung meines Festes beschäftigt sind.

Die Familie fährt stundenlang einkaufen, sodass ich es mir auf dem Polstersessel im Wohnzimmer bequem machen kann, und wenn sie wieder zurückkommt, muss sie so viel aus dem Auto in die Küche tragen, dass es überhaupt nicht auffällt, wenn ich mir schnell etwas Fressbares aus der Einkaufstasche hole.

Und dann kommt mein großer Tag. Er beginnt mit einem ausgiebigen Spaziergang, den die Kinder mit mir unternehmen, und wenn ich zurückkomme, dauert es meistens nicht mehr lange. Die Tür zum Wohnzimmer öffnet sich, ich darf als erster hinein, und da steht er dann: mein Knackwurstbaum!

Eigentlich komisch, warum sich die Menschen die ganze Arbeit antun, nur um mir eine Wurst zu schenken, aber das scheint schon ein alter Brauch zu sein, aus der Zeit, in der sie sich mit den wilden Wölfen gut stellen mussten.

Meistens hängen sogar zwei Knackwürste am Baum, aber eine davon gehört der Katze, damit sie nicht traurig ist. Das Viecherl versteht's ja nicht, was der Tag des Hundes bedeutet, und ich vergönn sie ihr. Sollen sich doch alle freuen an meinem großen Fest!

Viele Großmütter plagt zu Weihnachten vor allem eine Sorge: dass sie für die eingeladenen Kinder und Enkerln zu wenig gekocht haben könnten. Und so wird es oft zu einem kalorienreichen Erlebnis, so ein …

ESSEN BEI OMA

Gleich nachdem man zur Türe reingekommen ist, heißt's da schon: „Habt's eh einen g'scheiten Hunger mitgebracht?", und Opa fragt: „Was wollt's denn trinken?"

Man muss sich erst einmal in die Küche setzen, und dann sagt Oma: „Jetzt sollt ma gleich schauen, ob das Christkind schon da war, sonst wird das Essen kalt!"

Zum Glück hat dann das Christkind tatsächlich immer schon alles hergerichtet, und gleich nachdem die Packerln geöffnet sind, mahnt Großmutter bereits: „Zu Tisch, das Essen wird kalt!" Opa fragt: „Was wollt's denn trinken?"

Die Grießnockerlsuppe ist köstlich aber stets zu viel, und kaum hat man sie ausgelöffelt, sagt Oma: „Suppe ist noch draußen, die muss weg!" Opa fragt: „Jetzt sagt's einmal, was ihr trinken wollt's!"

Endlich machen sich alle über das Weihnachtsgansl her, aber man kann essen, so viel man will, das Gansl, die Knödel und das Rotkraut werden nicht entscheidend weniger.

„Schmeckt's eh?", fragt Oma, und wenn man beteuert, keinen Bissen mehr runter zu kriegen, heißt es nur: „Es ist noch so viel draußen!", während Opa fragt: „Was wollt's denn noch trinken?"

Das will er auch wissen, nachdem Oma mit besorgter Miene die Torte serviert hat, denn wenigstens die muss ganz zusammengegessen werden. Und nachdem sich abzeichnet, dass dies nicht zu schaffen ist, stellt sie auch noch einige Teller mit Weihnachtsbäckerei auf den Tisch.

Oma beteuert, dass sie eh schon so wenig gekocht habe, und trotzdem wäre wieder so viel übrig geblieben. Opa fügt hinzu: „Wollt's wenigstens noch was trinken?", aber da dämmert die ganze Gästeschar schon satt und zufrieden vor sich hin. Zwei Tage wird sie noch am Gansl und der Torte essen, die Oma ihnen im Tupperg'schirrl mit nach Hause gibt.

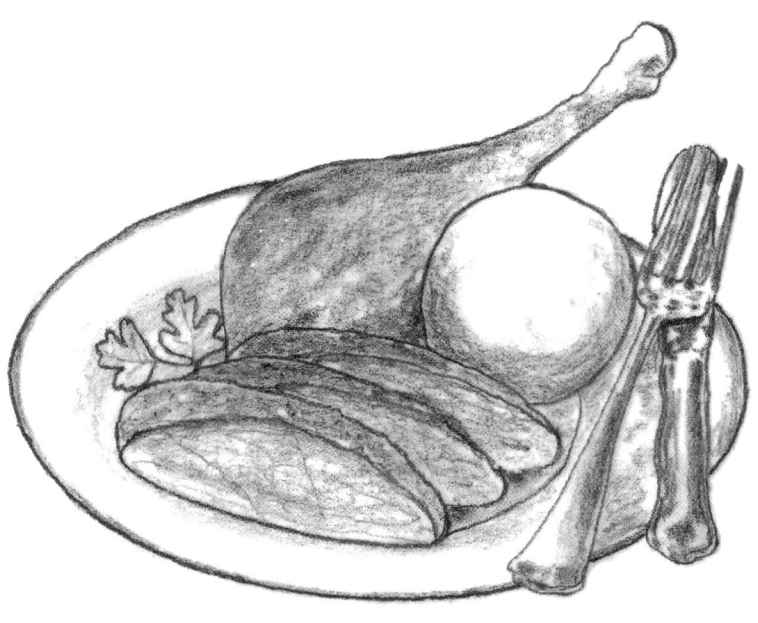

Eine junge Frau macht ihrem Freund zu Weihnachten ein sehr persönliches, selbst gestricktes Geschenk. Es ist …

Ein bunter Schal

„Na so was! Den hast du eigens für mich gestrickt?“

„Für wen sonst? Ich hab fast ein Jahr lang dran gearbeitet!“

„Er hat, wie soll ich sagen, eine sehr interessante Farbkombination!“

„Ich hab halt immer so gestrickt, wie mir gerade zumute war! Begonnen hab ich kurz nach unserem ersten Date.“

„Sehr schön, Orange wie damals der Sonnenuntergang. Und wieso hat du dann so blassblau weitergestrickt?“

„Weil ich Zweifel bekommen habe, ob unsere Liebe überhaupt so lange hält, bis der Schal fertig ist!“

„Aber ich hab mich doch dann sehr um dich bemüht!“

„Eben deshalb geht's ja auch in einem kuscheligen Weinrot weiter!“

„Was ist das?“

„Da sind mir ein paar Maschen runtergefallen, weil du mir das Strickzeug aus der Hand genommen hast!“

„Hm … Ich weiß nur noch, dass wir einmal plötzlich auf den Nadeln gelegen sind!“

„Eben! Aber dann war dein Seminar, nach dem du eine Zeit lang nicht mehr zu erreichen warst!“

„Aha! Ein giftiges Gelb … aber du hast dich offensichtlich getröstet, mit einem knalligen Lila!“

„Aber nur drei Reihen lang.“

„Na, Gott sei Dank!"

„Bei diesem dezenten Grün haben sich die Wogen wieder geglättet. Und wie du siehst, ist es bis jetzt bei harmonischen Farben geblieben!"

„Wunderschön ist der Schal geworden, auch wenn man ihn bestimmt nicht überall tragen kann."

„Das musst du ja gar nicht. Ich könnte das Ding auch ganz einfach weiterstricken!"

„So? Wie lange denn noch?"

„Von mir aus, bis ich eines Tages so schlecht sehe, dass ich gar nicht mehr weiß, in welcher Farbe ich gerade stricke!"

Viele Menschen sind in den Weihnachtsfeiertagen gerne im Freien aktiv, andere machen sich's lieber zu Hause gemütlich, und jeder wünscht sich ein anderes Wetter. Allen recht machen möchte es …

PETRUS

Der Petrus hat's bekanntlich schwer,
weil wirklich jeder um ihn her
von ihm ein schönes Wetter möcht,
doch was ist gut, und was ist schlecht?
Da woll'n die einen, dass es schneit,
gerade jetzt zur Weihnachtszeit,
die and'ren wiederum sind strikt
dagegen, dass der Schnee rumliegt!
Der Petrus hat's grad wieder satt
und sagt: „Dass es ein Ende hat,
hier ist der Wettervorbericht!
So klar wie jetzt, so bleibt es nicht!
Ich geb noch drei Tag Sonne drauf,
doch dann zieh'n ein paar Wolken auf!"
Die Engel rufen: „Gott sei Dank!
Auf Wolken warten wir schon lang,
weil wir im Himmel wieder dann
was hab'n, wo man drauf sitzen kann!"

Wenn man erwachsen wird, gehen viele Angewohnheiten, die man als Kind gepflegt hat, verloren. Eine davon ist das Weihnachtsgeschenk …

AM NACHTKASTL

Früher war es doch immer so: Unter den Weihnachtsgeschenken, die Hannes als Kind bekam, befand sich stets eines, das ihm ganz besonders gefiel. Zum Beispiel eine neue Lokomotive für die elektrische Modelleisenbahn. Wenn das Fest vorbei war, stellte er sie auf sein Nachtkastl. Sie fuhr durch seine Träume, und am nächsten Morgen war die Lokomotive das erste, was er sah.

Diese Angewohnheit legte Hannes mit den Jahren ab. Wenn er nun etwas mit ins Bett nahm, dann waren es meist Sachen, die er für die Schule lernen sollte, und später hauptsächlich Berichte und Dokumente für's Büro. Hie und da versuchte er auch ein Buch zu lesen, aber weil er abends meist sehr müde war, kam er nie so recht weiter. Barbara hatte er auch eines Tages mit ins Bett genommen (oder sie ihn). Sie waren nun schon lange beisammen, und manchmal bedauerte Barbara die Müdigkeit ihres Mannes, aber das ist natürlich eine andere Geschichte.

Um auf die Modelleisenbahn zurück zu kommen: Die verstaubte auf dem Dachboden, und Hannes entdeckte sie erst wieder, als er einmal nach einem Koffer suchte. Er packte die alte Holzplatte mit der Schienenlandschaft, begann sie liebevoll zu restaurieren und baute sie mit neuen Brücken und Häusern aus. Hannes bemerkte, dass es auf dem Weg ins Büro ein Modelleisenbahngeschäft gab und wusste bald alles, was sich in den Jahrzehnten seiner Spielabstinenz auf diesem Sektor technisch weiterentwickelt hatte. Diese wiedererwachte Leidenschaft blieb auch seiner Umgebung nicht verborgen, und so war es nur logisch, dass Hannes zu Weihnachten nach langer Zeit wieder einmal eine Lokomotive bekam.

Vorsichtig packte er sie aus und freute sich wie ein Kind. Und bevor er an diesem Abend seine Nachttischlampe ausknipste, warf er noch einmal einen Blick auf die kleine, schwarz-rot schimmernde Dampflokomotive der Baureihe 23, die er neben dem Kopfpolster geparkt hatte.

Elektrische Eisenbahnen waren früher (im Zeitalter vor der Emanzipation) klassische Weihnachtsgeschenke für Buben. Wenn es etwas Technisches sein soll, bringt das Christkind heutzutage gerne kleine Modell-Fluggeräte, zum Beispiel eine sogenannte …

DROHNE

Herr Stadler öffnete die Tür, und draußen stand sein Nachbar.

„Entschuldigen Sie, dass ich Sie am Feiertag stör, aber darf ich einmal kurz auf Ihren Balkon?"

„Von mir aus bitte, aber wozu …?"

„Ja, also es is so: Ich hab gestern zur Bescherung a Dings kriegt ... a Drohne."

„Was soll des sein?"

„So a klaner ferngesteuerter Hubschrauber …"

„Ach so! A Supergeschenk!"

„Jetzt mach i also grad meine ersten Flugversuche und hab des Gerät noch net ganz im Griff. Es is irrtümlich auf Ihrem Balkon g'landet!"

„Aber Sie könnten doch woanders üben, auf einer Wiesn!"

„Schon, aber des is net so interessant. Die Drohne hat nämlich a Kamera einbaut, und mit der schau i mi jetzt a bisserl in der Nachbarschaft um!"

„Na hören S', des tuat ma do net! … Und was sieht man da so alles?"

„Vorhin zum Beispiel die Frau Zirbitzer, wie sie für's Mittag-

123

essen grad an Zwiebelrostbraten macht!"

„Dazu braucht ma aber ka Drohne, des riecht ma doch eh bis zu uns! Und sonst?"

„Den jungen Obermüller mit seiner neuen Freundin, die zwa frühstücken grad im Bett. Die Aufnahme is übrigens sehr schön worden!"

„Wie schön?"

„Na scharf … also technisch einwandfrei!"

„Die Fotos müssen S' ma zeigen. Ham S' zufällig a bei die Czermaks vorbei g'schaut?"

„Hätt i solln?"

„Mi tät rasend interessieren, ob die wirklich a neue Küche kriegt ham!"

„Kein Problem!"

„Außerdem möchte i gern wissen, wer in des Eckhaus einzogen is. Vorn ham s' ja den ganzen Tag die Rollo herunten, aber vielleicht sieht ma von der Gartenseiten mehr!"

„Also, wenn S' mich mei Drohne vom Balkon holen lassen, könn ma des glei klären!"

„Kommen S' weiter! Aber schauen S' bitte, dass Ihnen niemand sieht …"

„Wer sollt mi denn sehn?"

„Die Frau Simmlinger zum Beispiel! Die hängt den ganzen Tag am Fenster. Sie können sich net vorstelln, wie neugierig die is!"

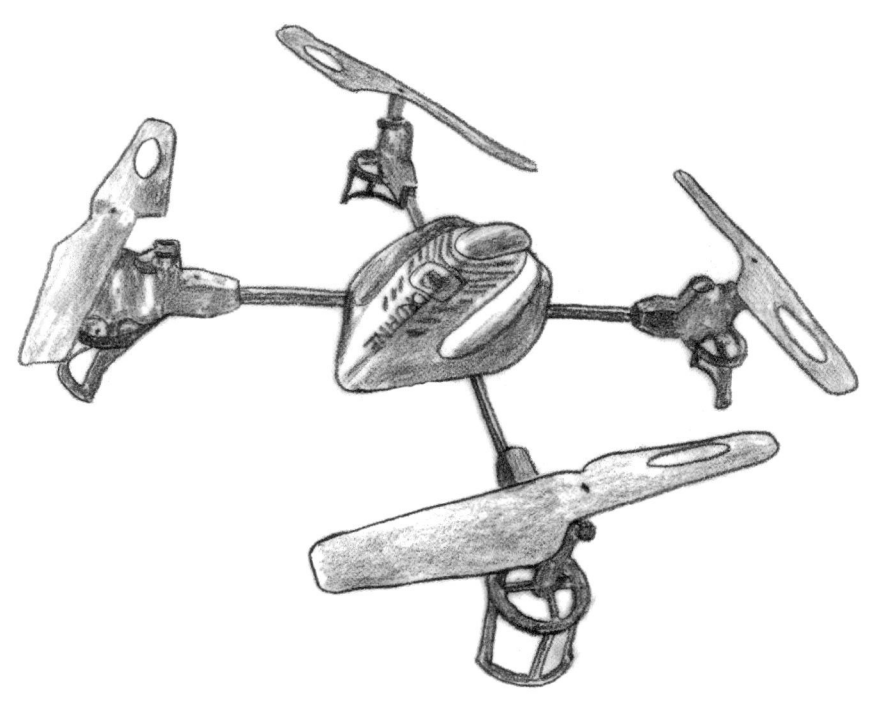

Auch Kinder wollen ihren Eltern und Großeltern zu den verschiedenen Festivitäten des Jahres gerne eine Freude machen. Sie haben aber meist nur begrenzte finanzielle Mittel und schenken deshalb häufig …

GUTSCHEINE

Oma und Opa hatten von den Enkelkindern Hanna und Tobias zu Weihnachten wieder einmal einen Gutschein bekommen. Denn wie immer waren die zwei viel zu spät draufgekommen, dass sie ja auch ein Geschenk unter den Christbaum legen wollten. Also hatten sie sich an den Computer gesetzt und eine hübsche Urkunde entworfen. Die Großeltern freuten sich, und Opa legte den Gutschein daheim in eine bereits vor Jahren angelegte Schachtel.

Als dann aber zu Ostern neuerlich zwei Gutscheine kamen, sagte der Großvater: „Gutscheine sind ja ganz nett, aber eines Tages sollte man sie auch einlösen können", und genau das wollte er jetzt endlich tun. Er rief seine Enkelkinder an und verkündete ihnen einen ‚Tag des Gutscheins'. Wenn es möglich wäre, wollte er an seinem Geburtstag alle im Laufe der Jahre eingelangten Gutscheine einlösen und die von der Oma gleich dazu.

Das rief bei Hanna und Tobias einige Aufregung hervor, aber sie sahen ein, dass ein Gutschein naturgemäß die Gefahr in sich birgt, dass man dafür irgendwann auch etwas leisten muss.

Als der Tag gekommen war, ließen sich die Großeltern zunächst ein Frühstück ans Bett servieren, das aus einem Gutschein resultierte, den die Kinder noch mit krakeliger Volksschulschrift gemalt hatten. Dazu bekam Oma Topflappen, die ihr anlässlich zweier Muttertage zugesagt worden waren, und

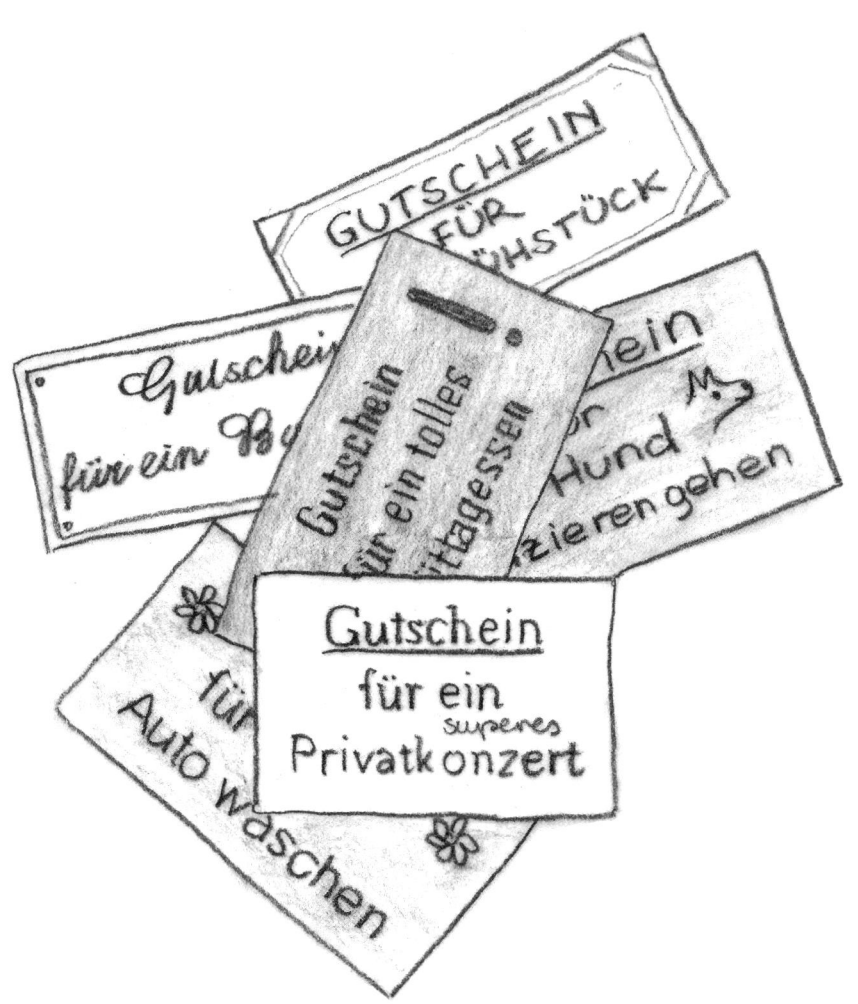

Opa die bemalte Kaffeeschale eines lange zurück liegenden Namenstags. Anschließend trat ein Gutschein in Kraft, in dem sich die Kinder verpflichteten, einen Spaziergang mit dem Hund zu unternehmen, während die Großmutter ins Badezimmer ging, um hier ein Badesalz zu verwenden, das ihr ebenfalls schon vor Jahren versprochen worden war. Opa musste inzwischen alles herrichten, damit Hanna und Tobias das Auto waschen konnten, wie es in einem alten Vatertagsgutschein vorgesehen war.

Als die Kinder vom Gassi gehen zurückkehrten, stellte sich heraus, dass man vor dem Auto noch den Hund waschen musste, weil der Spaziergang offensichtlich durch eine Schlammwüste geführt hatte.

Und dann bereitete Oma alles für's Mittagessen vor. Die Kinder hatten in einem Ostergutschein ein dreigängiges Menü mit Packerlsuppe, Spezialomelette und Vanillepudding versprochen, und das machten sie dann auch, unter Hinterlassung eines chaotischen Durcheinanders, das leider durch keinen Gutschein mehr gedeckt war.

Es wurde gegessen, und anschließend veranstalteten Hanna und Tobias ein Privatkonzert mit Klavier und Blockflöte, das im Gutschein des letzten Weihnachtsfestes stand.

Oma und Opa hingen müde lächelnd in den Polstermöbeln, und nach einer Viertelstunde war ihr Schnarchen lauter als die Musikinstrumente. Opa träumte von einem riesigen Stapel alter Gutscheine, die alle noch einzulösen waren. Und die Kinder, die zu spielen aufgehört hatten, flüsterten: „Gutscheine schenken wir keine mehr! Und wenn, muss da ein Ablaufdatum rein!"

Wieder ein technisches Geschenk, diesmal ist es aber für die Mutter gedacht. Sie präsentiert es gerade ihrer Freundin, und die ist ganz beeindruckt von deren …

HAUSHALTSROBOTER

„Da schau her, was mir meine Kinder zu Weihnachten g'schenkt hab'n!"

„An Staubsauger?"

„Bitte, des schaut vielleicht so ähnlich aus, es is aber a Haushaltsroboter, der so gut wie alles kann!"

„Na, sowas hab i aber no net g'sehn …"

„Du programmierst ihn zum Beispiel so, dass er dir's Frühstück macht, ans Bett bringt, anschließend die Wohnung saugt und einkaufen fahrt!"

„Wieso waß er denn, was er einkaufen soll?"

„Weil er vorher im Kühlschrank nachschaut, was ma brauchen!"

„Und was du frühstücken willst, woher waß er des?"

„Weil er zuschaut, was i gern iss, und des macht er dann! Unglaublich oder?"

„Super! Is des Büchel da die Gebrauchsanweisung? … Na Servas, da gibt's allein zehn Seiten über mögliche Fehlfunktionen, deren Ursachen und Behebung!"

„So genau hab i mir des no gar net ang'schaut."

„Sollterst aber! Problem 78 zum Beispiel: Gerät serviert keine Mahlzeiten, sondern saugt sie selbst auf."

„Was macht ma in so an Fall?"

„Gerät in Ruhe fertig saugen lassen und Verdauungsschnapserl anbieten! Problem 132 is a net uninteressant: Gerät liefert den Einkauf an eine falsche Adresse."

„I glaub, i werd den Roboter eh nur in der Wohnung verwenden. Er kann ja außerdem Blumen gießen, Schuach putzen und is a perfekte Küchenmaschin zum backen, frittieren, pürieren und entsaften!"

„Da musst aber genau so aufpassen! Problem 378: Gerät entsaftet ihre Zimmerpflanzen. Behebung: Zimmerpflanzen noch einmal gründlich gießen."

„So was kann passieren?"

„Wahrscheinlich san no ganz andere Sachen möglich! Stell dir vor, der Roboter kommt in der Früh, gießt dei Bett, frittiert die Schuach und püriert die Blumen!"

„Blödsinn!"

„Oder er geht einkaufen, kauft auf dei Rechnung no a paar Roboter und feiert bei dir a Party! Und wennst di aufregst, saugt er di auf!"

„Bitte, i kann doch den Roboter jederzeit stoppen!"

„Dann lies amal Problem 411: Gerät reagiert nicht auf Ihre Befehle!"

„Was tut ma da??"

„Wohnung schleunigst verlassen!"

Zu Weihnachten kommen gerne die Verwandten auf Besuch, und das ist manchmal auch etwas problematisch. In unserem Fall fürchten alle …

ONKEL FERRYS HUMOR

Onkel Ferry ist ja wirklich ein lieber Kerl, aber wenn er sich in Gesellschaft befindet und Publikum wittert, wird er ziemlich mühsam. Und das ist jedes Jahr bei der Familienjause am Stefanitag der Fall.

Schon im Vorzimmer schleudert er die erste Pointe: „Willy hat heuer zu Weihnachten wieder einmal eine Krawatte gekriegt. Aber er möchte sie umtauschen, weil sie zu eng ist!"

„Lustig!", sage ich. „Darf ich dir diese Hauspatschen anbieten?"

„Danke! Da fällt mir ein, die Gerti hat sich unlängst neue Schuhe gekauft. Der Verkäufer hat gemeint, dass sie vielleicht in den ersten paar Tagen ein bisserl drücken werden!"

„War das schon die Pointe?"

„Nein! Gerti sagt drauf: Na gut, dann zieh ich sie halt erst an, wenn sie passen. Haha, ist doch gut?!"

Gemeinsam mit Onkel Ferry betrete ich das Wohnzimmer, wo die restliche Familie schon kleine Spießchen und Sandwiches knabbert. Nachdem sich das allgemeine Hallo gelegt hat, sage ich: „Diese Brötchen darf ich dir besonders empfehlen: mit Gänseleberpastete!"

Für Onkel Ferry ist das ein gutes Stichwort.

„Fragt eine Gans die andere: Glaubst du an ein Leben nach Weihnachten? Haha! Nein, aber ich schau jetzt wirklich sehr auf mein Gewicht, ich les nicht einmal mehr das Fettgedruckte in der Zeitung!"

„Heute kannst du schon eine Ausnahme machen! Der Eiaufstrich ist auch sehr gut!"

„Treffen sich zwei Spiegeleier in der Bratpfanne. Fragt das eine: Wie geht's dir? Darauf das andere: Ich fühl mich irgendwie zerschlagen! Hahaha!"

„Den kenn ich schon!", sage ich. „Der ist so ähnlich wie: Fragt eine Glühbirne die andere: Wo ist denn dein Freund? … Durchgebrannt!"

Das stachelt Onkel Ferry weiter an.

„Sagt ein Magnet zum anderen: Ich weiß gar nicht, was ich heute anziehen soll! Aber am besten ist: Ruft der Kaffee zum Obers: Jetzt komm endlich rein! Und das Obers antwortet: Na gut, bevor ich mich schlagen lasse!"

„Apropos! Der Kaffee kommt gleich!", sage ich.

Onkel Ferry lässt sich mit einem Teller voller Spießchen und Gänseleberbrötchen in ein Sofa sinken. Mit vollem Mund stellt er zufrieden fest:

„Weihnachten ist doch ein schönes Fest. Alle sind so nett und hilfsbereit. Übrigens, gestern wollte der Sohn von unserem Nachbarn einer alten Dame über die Straße helfen. Er hat sie bei der Hand genommen und gesagt: Wir müssen noch warten bis es grün wird. Und wisst ihr, was die Frau gesagt hat? Burli, bei Grün kann ich auch alleine gehen!"

Kleine Ursachen haben oft eine große Wirkung. So kann ein verwechseltes Weihnachtsgeschenk dazu führen, dass das Leben zweier Menschen eine völlig unerwartete Wendung nimmt. Im Mittelpunkt dieser Geschichte steht eine …

Pizza napoletana

Eigentlich hätte Onkel Ferdinand, der schon seit zwei Jahren zurückgezogen im Altersheim lebte, zu Weihnachten eine elektrische Heizdecke bekommen sollen. Stattdessen ging diese Decke an seine Nichte Elisabeth, die sich über dieses Geschenk zwar wunderte, es aber durchaus gebrauchen konnte, weil sie immer kalte Füße hatte.

Onkel Ferdinand hingegen bekam den für sie vorgesehenen einwöchigen Pizzakochkurs in Neapel. Der Irrtum war schnell aufgeklärt, doch der 80-jährige Onkel meinte, dass ihm der Kochkurs in Italien durchaus lieber wäre als die Heizdecke und lehnte einen Umtausch ab.

So ein Kochkurs in Neapel wäre für ihn doch viel zu anstrengend, sagte man, er könne kein Italienisch und zu viel Pizza wäre für ihn doch gar nicht gesund.

Aber es hatte alles keinen Zweck. Vier Wochen später ließ sich Onkel Ferdinand vom Altersheim beurlauben und reiste in die Stadt am Vesuv. Übrigens nicht alleine, denn er hatte seine 78-jährige Zimmernachbarin, die von ihm seit langem verehrte Frau Mitterhuber, überredet, mit ihm zu kommen.

„Ruft gleich an, ob ihr gut angekommen seid und berichtet uns, wie es euch geht!", hatte man den beiden beim Abschied eingeschärft, doch Onkel Ferdinand dachte gar nicht daran: Urlaub ist Urlaub.

„Weißt du, dass ich immer schon einmal nach Neapel wollte?

Außerdem esse ich für mein Leben gerne Pizza und möchte wirklich wissen, wie man sie macht!", sagte Onkel Ferdinand bei der Ankunft am Flughafen, und Frau Mitterhuber antwortete: „Schau, da ist schon der Vesuv!"

Der Kochkurs wurde ein voller Erfolg. Nach ihrer Rückkehr übernahmen die beiden eine kleine Pizzeria am Stadtrand, und diese wurde schnell bekannt – für ihre originale Pizza napoletana und das schrullige alte Besitzerehepaar. Ja, das hab ich ganz vergessen zu erzählen, dass sich Onkel Ferdinand und Frau Mitterhuber noch in Neapel verlobt haben.

Spätestens nach den Heiligen Drei Königen endet eine, von den meisten Menschen zähneknirschend akzeptierte, Schonfrist. Denn in den Wochen davor vertröstet man grundsätzlich alle auf die Zeit …

Nach die Feiertag

Wen man auch fragt so im Advent,
ob man sich einmal treffen könnt,
er wird dir sagen: „Bitte sehr,
vor Weihnachten geht gar nichts mehr!
Im Jänner wird's dann wieder licht,
bis dahin, leider, kann ich nicht!"
‚Na gut!', denkt man. ‚Er hat ja Recht,
egal, was man auch machen möcht,
und wie man's dreh'n und wenden mag,
es geht erst nach die Feiertag!'
So kommt es, wie es kommen muss,
es staut sich auf am Jahresschluss,
das ganze Leben ringsherum,
und jedes Jahr sagt man: „Zu dumm:
Der Jänner ist nun schlimmer gar
als vorher der Dezember war!"

Vor Weihnachten sind die Geschäfte voll von Menschen, die ein Geschenk suchen, nachher kommen genau so viele wegen einem …

UMTAUSCH

„Na? Was treibt dich da her in die Shopping?"

„Wahrscheinlich des selbe wie di!"

„Gehst umtauschen?"

„Sicher! I hab zu Weihnachten wieder a paar Sachen kriegt, die einfach net passen!"

„I ja a! Die Geschenke san alle gut g'mant, aber was machst mit so an dicken Rollkragenpullover, wennst grad die Wallungen hast?"

„Na, des haltst net aus! Aber über des Nachthemd Größe 50 hab i mi a net so richtig g'freut!"

„Wo du doch höchstens 48 hast! Mir hat die Schwiegermutter dafür an Stabmixer kauft!"

„Des sollt sie aber schon wissen, dass Kochen net grad dein Hobby is!"

„Eben deshalb hat sie mir'n ja g'schenkt! Aber i hab mi mit zwa Opernkarten revanchiert! Damit s' amal sieht, dass die Zauberflöte ka Sektglasl is!"

„I hab mein Mann an Rom-Reiseführer kauft, weil i dort schon so lang hin will und ihn des überhaupt net interessiert!"

„Na hoff ma, dass' was hilft!"

„Schau, was noch für mi unter'm Christbaum g'legen is! A richtiges Oma-Parfum! Des tausch i jetzt als erstes um!"

„Du bist ja schon Oma!"

„Aber net so ane wie die meisten anderen! Des is genauso, wie wenn dir zum Beispiel jemand a Faltencreme schenkert!"

„Soweit kommt's no! Die kannst ja net amal weiterschenken!"

„Psst! Da schau her! Is des da drüben in der Umtauschzentrale net euer Tante Mizzi?"

„Meiner Seel! Die will des Fondue-Set anbringen, was sie von uns kriegt hat!"

„Also, des is ja wohl des Letzte! Dass man a Geschenk, was mit Liebe ausg'sucht worden is, einfach umtauscht!"

„Stimmt! Aber ehrlich g'sagt, des Fondue-Set ham wir selber vor zwa Jahr g'schenkt kriegt. I waß gar nimmer von wem!"

Die meisten Menschen behaupten ja, nicht abergläubisch zu sein. In Wirklichkeit legen sie größten Wert auf einen wirkungsvollen …

GLÜCKSBRINGER

„Was für Wünsche hat der Herr? Glücksbringer? Sachen zum Bleigießen …?"

„Beschweren möcht i mi!"

„So? Da bin i aber neugierig!"

„Da schaun's her! Des Hufeisen hab i voriges Jahr bei Ihnen kauft!"

„Und?"

„Es is nix wert! Des Jahr war a einzige Pechsträhne! Und ang'fangen hat's glei damit, dass i ma am Heimweg von ihr'm Standl den Fuß verstaucht hab!"

„Da hätten S' halt besser aufpassen müssen!"

„Ja, san denn Ihnere Glücksbringer net geprüft? Des is ja grad a so, wie wenn i a Handy kauf, was dann net geht!"

„Glücksbringer mit Garantie gibt's halt leider net! Des Glück kommt nur, wenn Sie dran glauben!"

„Wenn des Handy hin is, nutzt ma des a nix, wenn i dran glaub, dass' funktioniert!"

„Des is was anderes. An Schadenersatz für Ihner Pechsträhne gibt's jedenfalls net!"

„Dann tauschen S' ma wenigstens des Hufeisen, was i voriges Jahr kauft hab, gegen a Schweindl um!"

„Na hören S', Ihner Hufeisen ist ja jetzt schon gebraucht!

Des hat ja sei ganze Kraft verlor'n!"

„Was für a Kraft?"

„Die was jeder Glücksbringer hat!"

„I sag Ihnen was: Sie hab'n da in Ihner'm Standl tausende Glücksbringer umananer liegen. Wenn die wirklich alle funktionierterten, wär'n Sie ja vor lauter Glück gar nimmer da!"

„I hab eh a großes Glück! Dass i nämlich net lauter so schwierige Kunden hab wie Sie!"

„Und no was: Die meisten von Ihre Hufeisen, Fliegenpilz und Kleeblatteln san wahrscheinlich Ladenhüter vom vorigen Jahr!"

„Und was wollen Sie damit sagen?"

„Dass die alle abg'rennt san! I geh zum Konsumentenschutz!"

„Dann wünsch i Ihnen viel Glück! Und wenn's ma nachher erzählen, was die dort g'sagt ham, schenk i Ihnen dafür mei Spitzenprodukt: den vierblättrigen Rauchfangkehrer mit'm Schweinsschädel!"

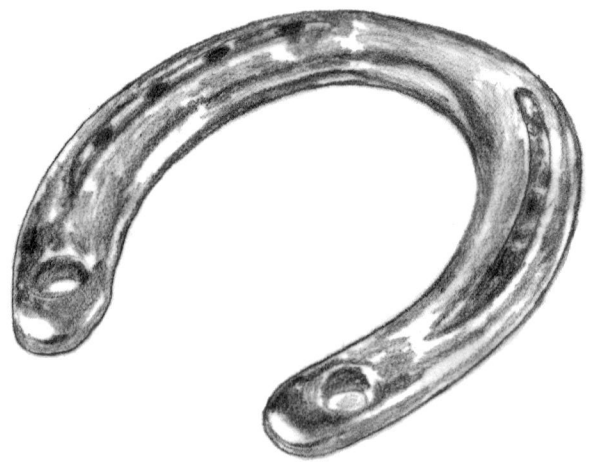

Wer gibt schon gerne zu, dass er lieber keinen schwarzen Katzen über den Weg läuft, am Freitag, dem 13. kein gutes Gefühl hat und darauf Acht gibt, nicht mit dem linken Fuß aufzustehen? Niemand, aber er ist weit verbreitet, der …

ABERGLAUBE

„Mama, wo ist denn meine blaue Legging?", fragte die siebzehnjährige Anna.

„Bei der Schmutzwäsche, aber ich kann leider erst übermorgen waschen."

„Wieso?"

„Weil in der Silvesternacht keine Wäsche auf der Leine hängen darf! Hast du das noch nie gehört?"

„Nein!"

„Man sagt, dass in der Silvesternacht die Reiter der Wilden Jagd unterwegs sind und ganz wütend werden, wenn sie sich in einer Wäscheleine verfangen!"

„Und so was glaubst du?"

„Natürlich nicht, aber sicher ist sicher. Man muss das Unglück ja nicht unbedingt herausfordern!"

„Geh bitte!"

„Zieh halt eine andere Legging an!"

Damit war das Gespräch zwischen Mutter und Tochter erst einmal beendet, doch wirklich zufrieden schien Anna mit dieser Auskunft nicht zu sein.

In der Silvesternacht wäre beinahe der Topf mit der Feuerzangenbowle umgekippt, ein Sektkorken verfehlte ganz knapp den gläsernen Lampenschirm, und draußen im Garten landete ein Feuerwerksblindgänger zischend im Komposthaufen. Doch alles ging glimpflich aus.

„Siehst du jetzt, wie wichtig es war, dass nichts auf der Wäscheleine gehängt ist!", sagte die Mutter am nächsten Morgen beim Neujahrsfrühstück zu ihrer Tochter. „Wer weiß, was alles passiert wäre!"

Sie bemerkte gar nicht, dass Anna ihre blaue Legging trug, die sie selbst gewaschen und über Nacht zum Trocknen aufgehängt hatte.

Gute Vorsätze für's neue Jahr sind etwas Fürchterliches, weil sie stets damit enden, dass man sie bricht und dann ein schlechtes Gewissen hat. Das wäre aber ganz einfach zu vermeiden, indem man sich halt Sachen vornimmt, die leicht zu halten sind. In diesem Sinn habe ich folgende …

GUTE VORSÄTZE

Ich werde …

noch mehr Kaffee trinken und Süßigkeiten essen, keine unnötige Bewegung machen, ewige Probleme weiterhin auf die lange Bank schieben, noch mehr am Computer sitzen, es nicht versuchen, mehr Zeit mit der Familie zu verbringen, weniger lesen, wieder nicht den Gartenzaun streichen, nirgends pünktlich sein, kein Theater-Abo nehmen und wenn doch, dann nicht hingehen, wieder auf den Hochzeitstag vergessen, kein Fitness-Studio besuchen und schon gar nicht gleich morgen, wieder nicht mit einem Italienisch-Sprachkurs anfangen, nicht mehr mit dem Fahrrad fahren, den Tag keinesfalls mit Yoga oder ähnlichem beginnen, noch öfter JA sagen, wenn ich eigentlich NEIN meine, es mir so gehen lassen, wie die anderen wollen ... mit einem Wort, alles noch schlechter machen.

Es ist zu erwarten, dass ich mich auch an diese Vorsätze nicht halten werde, aber es wird zu meinem Besten sein.

Noch etwas: Ähnlich problematisch wie gute Vorsätze sind unter Umständen auch gewisse ...

NEUJAHRSWÜNSCHE

„Herr Kläger, Sie werfen also dem Herrn Wimmer vor, an Ihrem gebrochenen Bein schuld zu sein?", sagte der Richter.

„Ja, also bitte, des war so: Wir haben uns zufällig am Parkplatz vor'm Supermarkt troffen und san ins Plaudern kommen. Wir reden über alles Mögliche, was des neue Jahr bringen könnt, und drauf sagt der Wimmer am Schluss – ich zitiere wörtlich – ‚Also dann, an guatn Rutsch!' Und i dreh mi um, rutsch am Glatteis aus und brich ma den Haxn!"

„Und Sie glauben allen Ernstes, dass daran der Neujahrswunsch vom Herrn Wimmer schuld sein könnte?"

„Natürlich! So was wirkt! Des merkt ma ja daran , dass der Wimmer heute bei der Verhandlung net persönlich anwesend sein kann!"

„Wieso?"

„I hab ihm nämlich zum Abschied a was g'wünscht: Hals- und Beinbruch!"

Welcher Text eignet sich besonders für …?

KENNEN SIE AUCH MEINE ANDEREN BÜCHER?

Der Bestseller „Engel 1" – schon in der 8. Auflage!

Es ist nur ein ganz kleines Wort, und doch steckt so viel dahinter.
Es lautet …

JETZT

Ich wünsche Dir zum großen Fest
was, das sich nicht verpacken läßt,
das man auch nirgends kaufen kann,
nicht heute und nicht irgendwann.
Sei nicht enttäuscht, es scheint nicht viel,
was ich dir grade schenken will.
Es ist nur so ein Stückchen Zeit,
nicht Zukunft, nicht Vergangenheit,
und wird von allen unterschätzt:
das unbeschreiblich kleine Jetzt.
In deinen Augen liegt es drin
und ist beim nächsten Blick dahin,
ein Hauch, der deine Seele streift
und fort ist, wenn man nach ihm greift.
Du planst das Morgen, sorgst dich sehr
und trägst auch noch am Gestern schwer,
doch während dem versäumst du glatt,
was dir das Jetzt zu bieten hat.
Die Sonne, die durch Wolken bricht,
auch nur ein Lächeln im Gesicht,
erst dann, wenn wir's am Foto sehn
sagt jeder: Schau, da war's doch schön!
In diesen Zeilen liegt's versteckt,
vielleicht hast du's auch schon entdeckt:
Das Jetzt war da, ganz ungestört,
denn Du hast mir still zugehört!

Der Bestseller „Engel 2" – schon in der 6. Auflage!

Jahrelang hat man heftig darüber diskutiert, ob die Geschäfte zu Mariä Empfängnis aufsperren sollen oder nicht. Wie zu erwarten hat die Wirtschaft dieses Match gewonnen, und seither ist dieser Feiertag ein Kulminationspunkt des Weihnachtsgeschäfts. Hier ist eine typische Radiomeldung am …

8. Dezember

„Verkehrsservice um 17 Uhr. In den Geschäften kommen sie heute generell nur sehr langsam voran. Die Schlangen vor den Kassen sind bis zu vier Kilometer lang, und es muss deshalb mit einem Zeitverlust von zirka drei Stunden gerechnet werden. Vor dem Eingang zum Shopping Center ist es außerdem zu einer Massenkarambolage gekommen, an der mindestens 40 Einkaufswagerln beteiligt waren. Die Aufräumungsarbeiten gestalten sich schwierig, weil sich die Rettungskräfte erst mühsam durch Berge von Fleisch- und Wurstwaren, Getränken und anderen Lebensmitteln durchkämpfen müssen. Ein dramatischer Zwischenfall hat sich auch in einem Bekleidungsgeschäft ereignet, wo eine Kundin von den Menschenmassen in einen Ständer mit Damenblusen abgedrängt wurde und bis jetzt nicht mehr gefunden werden konnte. Die Einkaufsstraße am Bahnhof musste vor wenigen Minuten wegen eines überhitzten und in Brand geratenen Bankomaten gesperrt werden.

So viel zum Verkehr und jetzt zu den Nachrichten:

Der Handel spricht am heutigen 8. Dezember von einem enttäuschenden Umsatzergebnis …"

ISBN: 978-3-902447-22-7

Peter Meissner

DAUERND IS IRGENDWAS

99 vergnügliche Geschichten über die (kleinen) Katastrophen des Alltags

ISBN: 978-3-990240-48-9

ISBN: 978-3-99024-224-7

Vor dem Eingang zu einem großen Wohnhaus mit vielen Parteien begegnen einander zwei Männer. Bald stellt sich heraus, einer von ihnen hat fatale …

NAMENSPROBLEME

„Grüß Sie, Wokacek mein Name, aus'm dritten Stock. Ham Sie sich schon eingelebt in unserem Gemeindebau?"

„Alles in Ordnung. Nur schlafen tu ich da leider ziemlich schlecht!"

„San die Nachbarn so laut?"

„Nein, aber bei mir geht die halbe Nacht die Türglocken!"

„Wieso denn des?"

„Weil die Leut, wenn's unten vor'm Haustor stehn, grundsätzlich erst einmal auf mein Klingelknopf drucken! … I hab mi no net vorg'stellt: Mein Name ist Licht!"

„Angenehm! Also in dem Fall wahrscheinlich net!"

„Am Anfang hab i immer über die Gegensprechanlag g'rufen: ‚Da is ka Licht!'. Worauf die Leut meistens frech worden san. So in der Art: Reden kannst und leuchten net?"

„Sie sollten halt mit der Frau Kein aus'm ersten Stock a Wohngemeinschaft bilden, da könnten S' dann ‚Kein Licht' ans Glockenschilderl schreiben!"

„Des geht net! I heirat demnächst, und mei zukünftige Frau heißt Schalter. Sie besteht auf an Doppelnamen, und i glaub net, dass sich des Problem dadurch lösen wird!"

ISBN: 978-3-990243-65-7

Wie wär's denn mit einem kleinen Märchen? Dies hier die Geschichte von …

KEINER UND NIEMAND

Es war ein wunderschöner Tag. Keiner stand an der Haltestelle und blinzelte in die Sonne, als Niemand dahertrippelte, um ebenfalls auf den Bus zu warten. Keiner war fasziniert, denn Niemand hatte so seidiges Haar, so strahlende Augen und betörende Kurven. Und Keiner begann zu träumen. Wie mochte es sein, Niemand an seiner Seite zu haben? Hatte Keiner bei ihr eine realistische Chance, und hätte er Niemand für sich allein? Was hätte ihr Keiner zu bieten?

Der vollbesetzte Bus fuhr in die Station, Keiner stieg ein, und man kann sich seine Aufregung vorstellen, als Niemand plötzlich dicht neben ihm stand.

Als sich die Türen geschlossen hatten, sagte Keiner den originellsten Satz, der ihm in dieser Situation einfallen wollte: „Da passt jetzt wirklich keine Maus mehr rein!"

Niemand antwortete: „Nein, Keiner!"

„Wirklich Niemand!", sagte Keiner, und so kamen sie schnell in ein sehr persönliches Gespräch, stiegen in der nächsten Station aus und gingen in ein Café.

Keiner saß neben Niemand, und beide merkten, dass sie einiges gemeinsam hatten. Sie wurden ein Paar, und keiner konnte sich ein glücklicheres vorstellen, auch Keiner nicht.

Niemand schwebte im siebenten Himmel, und bald wurde ein entzückendes Kind geboren. Keiner und Niemand nannten es Jemand, denn das Kind soll es einmal besser haben als die Eltern.

neu!

Peter Meissner

ORF
WIE WIR.

NIEDER-
ÖSTERREICHISCH
FÜR FORTGESCHRITTENE

GUGASCHECKN ZIZERLWEIS
ENTRISCH NOAGERL

Das Buch zum heiteren
Dialektsprachkurs auf Radio NÖ

RADIO NÖ

ISBN: 978-3-99024-691-7

Peter Meissner

EUZERL GSPUSI ADAXL
SCHREAMSN
OCHTA SCHMOAN GSTETTN

NIEDERÖSTERREICHISCH
FÜR ANFÄNGER

Ein heiteres Dialektlexikon mit
urigen Anwendungsbeispielen

ORF NÖ

Residenz Verlag

ISBN: 978-3-990243-00-2

**Alle Bücher von Peter Meissner
sind im Buchhandel oder
direkt über www.kral-verlag.at
erhältlich!**

**Neuigkeiten, Auftritts-
termine und Kontakt-
möglichkeit, siehe:**

www.petermeissner.at

LIVE-CD MIT VIELEN LIEDERN UND TEXTEN

Schau ma amoi...

Peter
Meissner
live!